高高山頂立　深深海底行
gaogaosky.com

高高国际　出品

举杯邀月饮，骑马踏花归。

诗词之美

陈书良 著

作家出版社

图书在版编目（CIP）数据

诗词之美 / 陈书良著. —— 北京：作家出版社，
2016.4（2018.7重印）

ISBN 978-7-5063-8912-9

Ⅰ.①诗… Ⅱ.①陈… Ⅲ.①古典诗歌—诗歌欣赏—中国 Ⅳ.①I207.2

中国版本图书馆CIP数据核字（2016）第088424号

诗词之美

作　　者：陈书良
责任编辑：王　炘　翟婧婧
装帧设计：高高国际
出版发行：作家出版社
社　　址：北京农展馆南里10号　　邮　　编：100125
电话传真：86-10-65930756（出版发行部）
　　　　　86-10-65004079（总编室）
　　　　　86-10-65015116（邮购部）
E-mail:zuojia@zuojia.net.cn
http://www.haozuojia.com（作家在线）
印　　刷：北京文昌阁彩色印刷有限责任公司
成品尺寸：146×210
字　　数：171千
印　　张：8.25
版　　次：2016年7月第1版
印　　次：2018年7月第3次印刷
ISBN 978-7-5063-8912-9
定　　价：35.00元

写在前面

　　这一本小书的撰作目的，就是试图简单扼要地叙述诗词格律，结合笔者自己的学习、创作经验，让有意于此的读者能较快地运用这些传统形式来言志抒情。

　　笔者幼年时即在外祖父刘永湘先生指导下学习写诗，长成后又向癯禅夏承焘先生学习填词。他们都认为，传统诗词的学习、写作应该是先学诗后学词。我的学习、创作经历也是先诗后词。我们知道在文学史上，词是在格律诗的基础上产生的，所以词又别名"诗馀"。词中的律句特别多，词韵也比诗韵宽，因此，学习上先诗后词是有一定的道理的。

　　本书所谓的格律诗词，在诗这一类，包括古体诗（古风）和近体诗两个部分。

　　所谓古风也有两类，一类是唐代以前的自由体或半自由体，还没有形成格律，对此本书不拟赘述。一类是唐以后的古体，虽标榜不受拘限，实际还是有很多讲究，尤其是歌行体，所以本书将会专章论及。

近体诗酝酿于齐梁，定型于唐代，唐代称为今体诗，宋代以后称为近体诗。自此，中国诗才有了严密的格律，而且历宋元明清一直到现代，诗的格律还是没有变。所以于诗我们着重谈近体诗。

至于词律，昔人强调"倚声填词"，笔者的创作也是从对谱填词开始。因此本书从历来所推重的"学词入门第一书"——清舒梦兰撰《白香词谱》中着重介绍了五十个常用词牌，每个词牌又介绍了常用的一体，结合例词，讲述了如何按谱填词及词韵的一般规律。根据学者的统计，一般历史上的著名词人个人创作也不过用三四十个左右的词牌而已。本书所列词谱，应可满足初学者创作之需。

诗词格律都是一些规律性的东西，对于欣赏古代诗词来说，如果能够知道关于诗词格律的一些基本知识，那就更能欣赏其中的写作技巧、艺术的美。对于创作格律诗词来说，如果能够在知道这些基本知识的同时，多读多写，那就反过来更能熟悉、运用诗词格律。俗话说："熟读唐诗三百首，不会吟诗也会吟。"学诗学词，多读多写是一个绝不可少的、既是初学必须，又要终生保持的功课。正由于此，我们对书中的例诗、例词都作了简注和鉴赏性的分析，寓欣赏于讲解格律之中，以俾读者学习时不至于因阅读困难而"卡壳"；并且希望读者能举一反三，对自己正在学习的诗词体裁渐进地掌握其写作要领。

本书所讲的诗词格律，是老生常谈，亦即大部分是前人所言。由于这是一部基础知识的书，所以书中所论概不标明出处，这也是《文心雕龙》所提倡的"同乎所同"。然书末参考文献将一一标列前修鸿著，敬意永驻。

为方便读者平时创作或车旅吟咏，本书附录了《平水韵》《词林正韵》和《笠翁对韵》。希冀读者手此一编，于用韵造语有所依傍，熟练运用，灵活掌握，以俾实用。若能如此，则笔者的编撰目的也就达到了。

陈书良

目 录

附录

壹　声律

汉字的旋律与节奏

格律诗词之所以让一些初学者视为畏途，就是因为它是很讲究声律的；格律诗词之所以读起来"韵"味十足，也是因为它的讲究声律。格律诗词声律主要有三点：一是平仄，二是押韵，三是对仗。声律加上对字数、句数的规定和字句的排列等等就是传统诗词的格律。

　　近体诗中绝句和律诗是非常讲究格律的，词中很多句子实际也是律句，认识格律，我们可以从绝句和律诗开始。

平 仄

平仄的作用是构成声音的抑扬顿挫，从而产生一种音乐的节奏美。那么，何为平仄呢？

汉语一个字就是一个音节，音节除了声母韵母之外，还有一个贯穿整个音节的声调，这就是四声。要分辨平仄，先须区别四声。魏晋时期，陆机就已提出文学语言要音声变化和谐。所谓"暨音声之迭代，若五色之相宣"（《文赋》）。到齐梁时，周颙和沈约发现汉语的声调可以归纳为平、上、去、入四个类别。《南史·周颙传》云："（周颙）始著《四声切韵》行于时。"同书的《沈约传》亦云："（沈约）撰《四声谱》，以为在昔词人累千载而不悟，而独得胸襟，穷妙其旨，自谓入神之作。"并且他们还要求诗人们写诗时自觉调整四声，"两句之中，轻重悉异"，时人称其诗为"永明体"。应该说，四声得以在这个时期被发现，原因是多方面的，如传统音韵学的自然发展、诗赋创作中声调音韵运用的经验积累等，均对四声的发明有促进的作用。而更为重要的原因，则是与当时佛经翻译中考文审音的工作有着直接的关系。东晋时期，佛教已盛行中国，佛经的译本亦多。由于原来佛经的梵文是多音节的，具有优美的音乐性，译为单个的汉字后，为了恢复其原来的音节之美，在诵读时即将每一个字读成几个高低不等的音节，由此乃明确地辨析出字的四声。关于这一点，陈寅恪先生《四声三问》有精深论述，于此不赘。

四声，这里指的是古代汉语的四种声调，俗称"老四声"。要知道四声，必须先了解声调是怎样构成的。古时候没有声调仪，不能测出四个声调的实际读法。人们往往举出一些例字，依四声顺序排列，让人习读，以取得一些真实的语感。其实这是一个最原始、也是最实用的学习四声法，笔者幼年时就是在长辈指导下靠反复习读以辨明四声的。如：

> 东董送屋
>
> 江讲绛觉
>
> 天子圣哲
>
> 平上去入

有人对四声的读法作了一些形象的描绘，如唐代《元和韵谱》中就说："平声者哀而安，上声者厉而举，去声者清而远，入声者直而促。"然而其所说也只是一种感觉，看了之后仍然不知道四声该如何读。后来《康熙字典》卷首出现了一种浅近切实的"分四声法"：

平声平道莫低昂，

上声高呼猛烈强，

去声分明哀远道，

入声短促急收藏。

然而无论怎么描绘，都只能勾画出四声的大致轮廓。在今天看来，平声是平直不变的，上声是一个先降后升的调子，去声是一个全降调，入声是一个短而急促的调子。除了平声外，上去入三声有一个共同的特点——不平。所以古人把四声分成平仄两个大类。仄，按字义解释，就是不平的意思。

但是，语音是随着时代的变化而变化的，在现代普通话形成的过程中，汉语的声调发生了很大变化：

一、平声。这个声调到现在分化为阴平和阳平。如诗时、阴淫。

二、上声。这个声调到现在有一部分变为去声。如映照之映。

三、去声。这个声调到现在仍是去声。

四、入声。这个声调是一个短促的调子。如今江浙、福建、广东、广西、江西等处都还保存着入声。北方也有不少地方（如山西、内蒙古）保存着入声。湖南的入声不是短促的了，但也保存着入声这一个调类。北方的大部分和西南的大部分地区的口语里，入声已经消失了。北方的入声字，有的变为阴平，有的变为阳平，有的变为上声，有的变为去声，这就是所谓"入派三声"。就普通话来说，入声字变为去声的最多，其次是阳平；变为上声的最少。西南方言（从湖北到云南）的

5

入声字一律变成了阳平。普通话的四声是将古汉语四声中前面的平声分化为阴平和阳平，而把最后一个入声取消，分别归入到阴平、阳平、上声和去声中去了，这样一来，入声字中哪些归入到作为平声的阴平、阳平中去了，哪些又归入到作为仄声的上声、去声中去了呢？必须查字典才知道，于是产生了所谓新四声。

要之，现代汉语中声调分为四声：阴平、阳平、上声、去声。前两声（阴平、阳平）为平声，后两声（上声、去声）为仄声。古汉语也有四声（老四声），分别为平、上、去、入（等于平声包括阴平、阳平，但上声、去声后面加了一个入声）。前面一声是平声，后三声（上声、去声、入声）为仄声。有些诗词格律书为初学者容易入门，将新四声和老四声综合，即视每个汉字为五声，如：乌、吴、伍、误、物，前两声阴平、阳平（乌、吴）为平声，后三声上声、去声、入声（伍、误、物）为仄声。本书一依传统，四声系指平、上、去、入老四声。这是特别需要强调的。

因为平声大约是不升不降一个平调，比较拖长的音。仄声大约是有升有降，比较短促的音，句与句平仄对立，句子内平仄相间，就产生了抑扬顿挫的效果。如白居易的《钱塘湖①春行》：

孤山②寺北贾亭西，水面初平云脚低。

① 钱塘湖：即杭州西湖。
② 孤山：在西湖的里、外湖之间，因与其他山不相接连，所以称孤山。孤山寺：南朝陈文帝初年建，名承福寺，宋改名广化寺。贾亭，贞元年间，杭州刺史贾全所筑，又称贾公亭。

平平仄仄仄平平，仄仄平平平仄平。

几处早莺争暖树，谁家新燕啄春泥。

仄仄仄平平仄仄，平平平仄仄平平。

乱花渐欲迷人眼，浅草方能没马蹄。

仄平仄仄平平仄，仄仄平平仄仄平。

最爱湖东行不足，绿杨阴里白沙堤①。

仄仄平平平仄仄，仄平平仄仄平平。

　　这是一首纪游诗，诗题"春行"，全诗处处洋溢着初春的气息，透露着诗人对春天到来、万物复苏的欣喜之情。首句用两个地名点出了诗人的方位，有山有亭，景色可想而知，意境也油然而生。第二句写湖水白云，白描手法，写早春时节的景象。颔联与颈联，一句一景，各不相同，描绘生动从容。"早莺""新燕"突出了早春的时令，其实黄莺未必是在抢占温暖的树枝，所谓"争"，是作者的揣想，这样写来诗句顿时就活泼了起来。"乱花渐欲迷人眼"，妙在"渐欲"二字，欲迷而未迷，就多了几分周折，多了几分情调。"浅草方能没马蹄"，突然间发现原野竟生出了浅草，而且刚刚舒适地没过马蹄，令人感到新奇。两句依然不离早春时令。诗的尾联节奏更加舒缓，两句一景。如果你把这两句诗有节奏地缓缓读出，想象着面前有不知情的听众，你就会感觉到它的奇妙："最爱——湖东——行——不足"，以整整一句吊起听众的胃口：我最喜欢

---

　　① 白沙堤：今称白堤，在西湖东畔。

的、在西湖东边的、来来回回总是看不够的，是什么呢？然后，"绿杨—阴里"既作为修饰、渲染其美，又继续吊着听众的胃口：绿杨阴里有什么呢？直到最后三个字，"白沙堤"，才终于道出了答案。至此，这首诗的趣味和妙处才凸现出来。

这首诗格律整齐，第三句第三字"早"、第四句第三字"新"同时调整，使得三四句仍保持平仄完全相对。第五句第一字"乱"在可平可仄的范围内。第八句第一字"绿"与第三字"阴"调整，形成"仄平平仄仄平平"的句式，也是诗人们经常使用的。

平仄问题应用格律诗写作上，必须正确理解"一三五不论，二四六分明"。

这是格律诗的五字句和七字句声律略可变动的规定。如果是七言，即所谓"一三五不论，二四六分明"。如果是五言，则是"一三不论，二四分明"。所谓"一三五不论"，就是指句子中的单数字的平仄安排可以灵活掌握；而"二四六分明"，就是强调句中的双数字必须严格遵守格律，不能改变。如南宋林升《题临安邸》：

　　　　　山外青山楼外楼，西湖歌舞几时休。
　　　　　暖风熏得游人醉，直把杭州作汴州。

临安即今浙江杭州，南宋都城。汴州即今河南开封，北宋都城。作者借描写西湖美景，指斥南宋当权者"直把杭州作汴州"，苟安一隅，忘记了国耻。此诗格律为七绝仄起首句入韵式，应为"仄仄平平仄仄平，平平仄仄仄平平。平平仄仄平平仄，仄仄平平仄仄平。"我们看这首诗，首句第一字、第五字，第二句第三字，第三句第一字、第三字都有所变动。但是每句二四六字都完全合乎格律。可见"一三五不论，二四六分明"这个口诀可以给我们写作近体诗创造很多便利。

但是讲"一三五不论"与"一三不论"，并不是无条件的，而是有条件的。所谓有条件，指的是在具体操作时，必须避免出现"孤平"与"句末三连平"或"句末三连仄"的现象。"孤平"是在平收的句子中，除韵脚字之外，只剩下一个平声字，如"仄仄平平仄仄平"变为"仄仄仄平仄仄平"，五言的"平平仄仄平"变为"仄平仄仄平"，这就是犯了"孤平"的错误。因此，在这类句子中，七言的第三字与五言的第一字，都必须按规定用平声字，不能可平可仄了。如果内容需要非用仄声不可，那么，七言就要在第五字，五言就要在第三字上，想法补救，将仄改为平，这就叫做"拗救"。但是，在仄收的句子中，即使只剩一个平声字，也不算孤平，而算拗句。因此，在仄收的句子中，不忌孤平，可以"一三五不论"。又如"平平仄仄仄平平"中的第五字，"仄仄仄平平"的第三字，都必须保持仄声不变，不然，就犯了"句末三连平"的错误。再如"仄仄平平平仄仄"中的第五字，"平平平仄仄"的第三字，都必须保持平声不变，不然，就犯了"句末三连仄"的错误。事实上，"句末三连平"或"句末三连仄"虽不算诗律大忌，却都有损声律之美。

如出于不得已，触犯了"句末三连平"或"句末三连仄"，那么就一定要拗救。拗救的办法是：七言的第五字拗，第六字救；五言的第三字拗，第四字救。实际上就是在七言的五、六字与五言的三、四字实行平仄互换，就行了。关于拗救问题，以上所说都是单拗单救，还有双拗双救的现象，如："荷风送香气；松月生夜凉"。上下联都是三字拗、四字救，形成双拗双救。当然，关于拗救是为了让所写的诗声律更美，是属于杜甫所云"声律细"的问题了，初学者暂可不加深究。

要注意的是，阅读古诗，欣赏古诗，应该知道哪些字是入声字，这样才能更准确地理解古诗的平仄，才能真正领会古诗的格律，体会平仄搭配的规律及其给人带来的美感。比如上面白居易的《钱塘湖春行》，第四句"谁家新燕啄春泥"，"啄"字就是入声字，如果按照现代汉语理解为平声字的话，"啄春泥"就是古人常说的"三平调"了，是律诗的小疵。第八句"绿杨阴里白沙堤"，"白"也是入声字，如果按现代汉语读为平声的话，"白沙堤"也是"三平调"了。由此可见，如果我们不知道"啄""白"是入声字，就无法真正体会古人对于"三平调"这一禁忌的防守，误以为古人作诗随意，经常不遵守诗律。这也是笔者坚持以"老四声"谈论诗词格律的初衷。

我们还特别应该注意的是一字两读的情况。有时候，一个字有两种意义（往往词性也不同），同时也有两种读音。例如"为"用作动词的时候解作"做"，读平声（阳平）；用作介词的时候解作"因为""为了"，就读去声。在古代汉语里，这种情况比现代汉语多得多。现在试举一些例子：

骑：平声，动词，骑马；去声，名词，骑兵。

思：平声，动词，思念；去声，名词，思想，情怀。

有些字，本来是读平声的，后来变为去声，但是意义词性都不变。"望""叹""看"都属于这一类。"望"和"叹"在唐宋诗中已经有读去声的了，如"早岁那知世事艰，中原北望气如山"（陆游《书愤》）；"看"字直到近代律诗中，往往也还读平声（读如刊），如"却看妻子愁何在，漫卷诗书喜欲狂"（杜甫《闻官军收河南河北》）。在现代汉语里，除"看守"的看读平声以外，"看"字总是读去声了。也有比较复杂的情况，"过"字用作动词时有平去两读，至于用作名词，解作过失时，就只有去声一读了。

辨别四声，是辨别平仄的基础，也是诗词格律的基础，唯有反复练习，方能在用时随心所欲，随指随识。

押　韵

　　格律诗区别于古体自由诗的最严格的因素是押韵、对仗、平仄。押韵，就是把音韵相同的字放在同一个位置上，一般是句尾，称为韵脚。押韵的作用是构成声音的回环，产生一种和谐的音乐美。格律诗中律诗和绝句要求一韵到底，中间不能换韵，一首诗里不能有重复的韵脚。除首句可以起韵外，奇句不许押韵，偶句则必须押韵。如七绝王昌龄《从军行》①：

　　　　青海②长云暗雪山，孤城遥望玉门关③。
　　　　黄沙百战穿④金甲，不破楼兰⑤终不还。

------

　　① 从军行：乐府古题，多描写军旅生活，唐人多以此为题写作。王昌龄有《从军行》
　　　　七首，这是其中第四首。
　　② 青海：即青海湖，在今青海西宁市西。雪山：当指祁连山脉，山峰上有积雪终年
　　　　不化。
　　③ 玉门关：故址在今甘肃敦煌西北小方盘城，为通往西域的交通门户。
　　④ 穿：磨破。金甲：金属制成的铠甲。
　　⑤ 楼兰：汉代西域国名，此处借指敌人。

　　此诗写边塞将士们杀敌报国的决心，充满阳刚之气。"青海长云暗雪山"，三个意象接踵而来，中间没有连接和过渡，却不觉零乱，极具画面感，将边地的广阔荒漠呈现在读者面前。而在这一片苍茫之中，座落着一个"孤城"，诗云"春风不度玉门关"，这座孤城只能"遥望"玉门关，可见环境更加险恶。第三句一转，写城中的人。将士们在黄沙中作战，连铠甲都已经磨穿。前三句极言战事的艰苦，做足了铺垫，在这样艰苦的环境中，战士们誓言不赶走敌人，绝不回还。以如此豪言壮语结尾，一扫苦寒，铿锵有力，振奋人心。

　　这首诗格律整齐，第一句第一字"青"、第二句第三字"遥"，都在可平可仄的范围内。第四句第五字"终"有所变动，也属于"一三五不论"的范围。此诗首句起韵，"山""关""还"押十五删韵。又如五律李白《塞下曲》①：

　　　　五月天山雪，无花只有寒。
　　　　笛中闻折柳②，春色未曾看。
　　　　晓战随金鼓，宵眠抱玉鞍。
　　　　愿将腰下剑，直为斩楼兰③。

　　这首诗一气呵成，脍炙人口。起首两句很平实，说塞外五月飞雪，不见花开，只有寒意，关键在"无花"二字。颔联

---

① "塞下曲"：唐代乐府题，出于汉《出塞》《入塞》等曲。原诗六首，这是第一首。
② "折柳"：指笛子的乐曲《折杨柳》，《折杨柳》出于汉《横吹曲》。
③ "楼兰"：泛指向内地骚扰的敌人首领。

说戍边的人只从笛声听到《折杨柳》的曲子，实际上春天却还没有来到边疆。与前句"无花"相应。五、六两句一转，写战斗生活中的紧张与辛苦。尾联以誓言杀敌关合。此诗首句不起韵，偶句句脚"寒""看""鞍""兰"押十四寒韵。

　　押韵要根据韵书，历代韵书体系也有发展变化。隋代陆法言编《切韵》，唐人修订为《唐韵》，共分二百六韵。《唐韵》修成，《切韵》遂亡佚。宋人将《唐韵》修订为《大宋重修广韵》，简称《广韵》，仍为二百六韵。南宋淳祐年间，江北平水人刘渊编写《壬子新刊礼部韵略》，将《广韵》二百六韵合并为一百七韵，后人称为"平水韵"。金、元人又归并一韵，剩一百六韵。清人改称《佩文诗韵》。旧时国家考试用这样的韵书做标准，人们平时学诗作诗自然也依此标准。因此自唐至清，格律诗的声韵系统基本是《切韵》—《唐韵》—《广韵》—《平水韵》—《佩文诗韵》这个体系。近体诗的韵通常须押平声，歌行体则常常平仄韵相间，每个字的平仄也须依照这个体系来判断。

　　《平水韵》中平声有三十个韵部：

上平声：
　　一东、二冬、三江、四支、五微、六鱼、七虞、八齐、九佳、十灰、十一真、十二文、十三元、十四寒、十五删。

下平声：
　　一先、二萧、三肴、四豪、五歌、六麻、七阳、八庚、九青、十蒸、十一尤、十二侵、十三覃、十四盐、十五咸。

古体诗有仄韵诗，歌行体也经常平韵仄韵换用，如白居易《长恨歌》《琵琶行》，其中我们要特别注意入声韵。如唐柳宗元《渔翁》：

> 渔翁夜傍西岩①宿，晓汲清湘燃楚竹。
> 烟销日出不见人，欸乃②一声山水绿。
> 回看天际下中流，岩上无心③云相逐。

这是柳宗元写于永州的一首抒情小诗，犹如一幅小品画，几个渔翁生活的镜头，就勾勒出一种对闲适意趣的向往。第一二句写渔翁的生活。作者不说汲"水"燃"薪"，而以"汲清湘""燃楚竹"取代，出语不凡，造语新奇，增添了诗意的广阔度和纵深感，使诗中人物平添了一种古朴孤高之气。第三四句写景。烟消日出了，应该见到渔翁了，可是"不见人"，人到哪里去了呢？突然"欸乃"一声，响彻青山绿水之间。这里，仍然是"不见人"而只闻其声。这种"闻其声而不见人"的写法，实属高妙奇趣，展示了一幅山高水远、幽深寂寥的神秘境界。最后两句写作者的观感。回看天边，"欸乃"之声犹在，但小舟已顺流远逝，只有那岩上的白云自由地飘动。全诗既写出了永州山水深邃缥缈之美，也表现了作者对这种自由闲适生活的向

---

① 西岩：永州（今湖南零陵县）之西山，在湘水之滨。清湘：清澈的湘江，因湘江流经永州。燃楚竹：以楚竹为柴烧饭，因永州战国时属楚地。
② 欸乃：摇橹之声，或称舟子摇船时应橹的歌声。唐时民间渔歌有《欸乃曲》。
③ 无心：指白云自由自在地飞动。

往，而这种向往是作者政治上遭受打击后的苦闷情绪的另一表现形式。至此，诗意拓展，即古人"以乐写悲"之谓也。

这首诗的韵脚字"宿""竹""绿""逐"，我们现在读起来也不和谐，但是，它们在古代都是入声字，在《平水韵》里都属于屋韵，韵母和声调都相同，因此在一起押韵。现代汉语普通话里，入声已经消失，古代入声字的读音发生了变化，原来同韵的入声字可能不再属于一个韵，读起来就不和谐了。

至于前人诗有按方言押韵的，本书不拟多讲。下面谨举唐李益《江南曲》①：

> 嫁得瞿塘②贾，朝朝误妾期。
>
> 早知潮有信，嫁与弄潮儿。

这是一首闺怨诗。梁代柳恽以乐府旧题《江南曲》写闺情。唐人绝句多仿六朝民歌及民歌体作品，李益此诗就是如此，它模仿一位商妇的口吻，来写她对独守空闺凄凉生活的不耐。唐代商业兴盛，短、长途贸易都很发达，商人要采运货物，择地倾销，所以多远离家乡。这样商人的妻子不免要空闺独守，过着孤单寂寞的生活。诗人将此生活引入诗中，为唐诗增添了一份独特的内容。

这首诗以白描手法写出了一个商人妇的心声。诗中一二句"嫁得瞿塘贾，朝朝误妾期"，是女主人公感叹自己嫁作商人

---

①《江南曲》：乐府旧题，《古今乐录》中《江南弄》七曲中就有其一。

②瞿塘：长江三峡之一，在今重庆奉节县。

妇，不能与丈夫朝夕相处。所以顺理成章有下面两句："早知潮有信，嫁与弄潮儿。"当初要早知江潮消息有时，就该嫁给那弄潮的男儿。这样，生活可能清苦一些，却时时可以依靠。宁愿"嫁与弄潮儿"，即是痴语、天真语，也是苦语、无奈语。这位少妇也不是真想改嫁，这里用"早知"二字，只是在极度苦闷中自伤身世，思前想后、悔不当初，作了一种历史的假设罢了。在这里，作者通过一种"荒唐之想"（钟惺《唐诗归》），把一个多情任性的少妇的心理刻画得惟妙惟肖，十分生动。这首诗的成功之处正在于其看似荒唐、无理之想，却是真切、情至之语。诗中展现的由盼生怨、由怨而悔的内心活动过程，正合乎这位商妇的心理状态。

有人以为此诗不拘音韵，脱口而出，不假雕饰。实际上此诗中二、四两句尾字"期""儿"就是按吴方言来押韵的，而这正体现了乐府民歌的特点。

对　仗

　　对仗亦是格律诗区别于古风的主要形态特征。就诗词的语言形式特点而言，经常出现对偶句。尤其律诗，八句中竟要求四句对偶，有些诗人如杜甫的律诗还常常出现六句对仗甚至八句全对的情况。律诗中间两联每联的第一句叫出句，第二句叫对句。我们讲诗词的对仗，主要就律诗而言。诗词对仗，归纳起来是三个方面的要素：结构相同，词性相对，平仄相反。词的对仗则没有律诗那么严格。

1．结构相同

　　格律诗中句子由词与词组构成，词与词组又有一定的逻辑关系。汉语中主要的结构关系有以下五种：

　　　　主谓关系：燕舞、蝉鸣；风习习、雨绵绵；

　　　　述宾关系：把酒、吟诗；张兔网、泣鬼神；

　　　　偏正关系：月榭、风亭；千里马、九霄鹏；常忆、难忘；滚滚流、款款飞；

　　联合关系：吴楚、天地；流水、落花；

　　补充关系：唱彻、吟醉；高千尺、剪不断；

　　近体诗的对仗联要求出句和对句相应的位次结构关系相同，即主谓结构对主谓结构，述宾结构对述宾结构，偏正结构对偏正结构，联合结构对联合结构，述补结构对述补结构。如杜甫《秋兴》其一的第三联：

丛菊两开他日泪，　孤舟一系故园心

（①是主谓结构，②是述宾结构，③是偏正结构的分析图示，标注①②③）

　　联中的①是主谓结构，②是述宾结构，③是几个偏正结构，这两个对仗句都是单句。有些诗句表面上看是一个句子，实际上是由两个分句紧缩而成，分句间存在一定的逻辑关系，构成对仗时也要考虑字面上结构相同。如杜甫《绝句》之二：

江碧鸟逾白，　山青花欲燃

（标注②③的结构分析图示）

　　表面上看，①是联合关系，②是几个主谓结构，每个诗句都由两个主谓结构并列而成；实际上"江碧"和"鸟逾白"，"山青"和"花欲燃"都是因果关系，因鸟逾白才见江碧，因花欲燃才感山青。

　　在近体诗的对仗中，时常会碰到字面上对仗，结构却不相同的情况。李商隐的《安定城楼》颈联云：

永忆江湖归白发，欲回天地入扁舟

　　出句的节奏是二五型，"永忆"是动词，"江湖归白发"是"永忆"的宾语。"江湖归白发"是倒装句，通常应说"白发归江湖"，"白发"是"归"的时间，为了调平仄才倒装。对句的节奏却是四三型，"欲回天地"和"入扁舟"是两个述宾词组。但从字面上看，出句也是"永忆江湖"和"归白发"两个述宾词组，对句对得很工。因此结构相对主要看字面，内部的结构关系容许有不同。

2. 词性相对

　　所谓词性相对，指上下联相应的位次所用的词必须同类。语法学家把汉语的词分为名、动、形、数、量、代、副、介、连、助、叹等十一类，前六类总称实词，后五类总称虚词。构成对仗时，必须是名词对名词、动词对动词、形容词对形容词……实词对实词、虚词对虚词。如"半窗秋月白，一枕晓风凉"这一联中：

　　　　名词对：秋月——晓风
　　　　数词对：半窗——一枕
　　　　形容词对：白——凉

由于各类词都有比较固定的语法功能，词与词组合都有一定的规律，因此句法结构相同的情况下，词性也应是相同的。

如主谓关系一般为名词加动词或形容词：

虎啸——猿啼　月白——风清

述宾关系一般为动词加名词：

点水——穿花　钓月——耕霞

偏正关系一般为形容词、名词或数词加名词，有一类是副词或形容词加动词：

火枣——冰桃　吴牛——蜀犬　三畏——九思　三尺剑——五弦琴　清明雨——重阳风　独眠——共话　会临——好倚　醉爱——闲吟

无论多复杂的结构关系都可以此类推。由此看来，解决了结构相对的问题，词性相对的问题大致可以解决了，具体例子可参阅书末所附《笠翁对韵》。读者只要多读多写，自可掌握个中三昧。

至于对法种种，以下择要言之。

近体诗的对仗有所谓工对和宽对。对仗工整的叫工对。在平仄安排合乎格律的前提下，凡是词性相同，而且词组结构相同的对仗叫工对。我们看唐朝诗人王维的五言律诗《山居秋暝》中的颔联："明月松间照，清泉石上流。"出句的"明月"，用形容词"明"修饰名词"月"，对句就用形容词"清"修饰名词"泉"；出句的"松间"是名词加方位词，对句的"石上"也是名词加方位词；出句末一字"照"，是动词，对句末一字"流"也是动词：整个出句和对句对得非常工整。再看这首诗的颈联两句："竹喧归浣女，莲动下渔舟。"出句的第一个字"竹"是名词，"喧"是喧哗，这里指竹林里发出的浣女的喧声，是动词；对句"莲"是名词，"动"是动词：都是名词之后用动词修饰。出句第三字"归"是动词，对句第三字"下"也是动词；第四五字出句是"浣女"（浣纱或洗衣妇女），是动名词结构，对句是"渔舟"（打鱼船），也是动名词结构：出句和对句对得都很工整。像这种对得工整的对仗，就算工对。

工对尤其对于名词较为讲究，要求名词的每种小类最好能对上。这些小类如：

天文对：日月风云等

时令对：年节朝夕等

地理对：山水江河等

宫室对：楼台门户等

器物对：刀剑杯盘等

衣饰对：衣冠巾带等

饮食对：茶酒餐饭等

文具对：笔墨纸砚等

文学对：诗词书画等

草木对：草木桃李等

鸟兽虫龟对：鳞凤龟龙等

形体对：身心手足等

人事对：道德才情等

人伦对：父子兄弟等

　　清人李渔所编的启蒙读物《笠翁对韵》，专列工对之句。如"一东"中的"数竿君子竹，五树大夫松"，"风高秋月白，雨霁晚霞红"，"驿旅客逢梅子雨，池亭人挹藕花风"等等。字字在小类中对仗，世传为工对名作。初学者如熟读揣摩，以后驾轻就熟，举一反三，自可获益良多。

　　宽对是相对工对来说的。这里的宽作宽严的宽讲。工对要求严格，字字不能含糊，而宽对就要求得不那么严格。格律毕竟是为内容服务的。诗人在写作律诗的时候，有了好的构思，但是在考虑对仗的时候缺乏适当的词语写成工对，只得退一步用宽对解决。宽对还是属于对仗，只是两两相对的词语有时在词性上对得不是那么工整，有时在词组结构形式上，出句和对句之间相对也不是那么严谨。凡是这种情况，都叫做宽对。律诗的中间两联用宽对的情况很普遍；如果一联的出句和对句根本不能相对，这就属于不合格律的范围，不能算是宽对。我们看杜甫的七言律诗《蜀相》中的颈联："三顾频烦天下计，两朝开济老臣心。"出句末尾三个字"天下计"，对句末尾三个字"老臣心"，"天下"是不能和"老臣"相对的；但是"天下计"对"老臣心"，这两个词组都是上二下一，结构相同，所以仍然算对仗，不过只是不那么工整的宽对罢了。需要说明的是，只要立意卓出，诗意盎然，宽对也能成为佳句，如上引杜甫的"三顾频烦"两句就是千古佳联。

大概言之，宽对则只要求实词对实词，虚词对虚词，甚至只求字面相对，内部结构可以不同。

前面所谈的对仗要求，都是指同一联中出句和对句相应的位置而言。还有所谓自对，指的是先在本句内构成对仗，然后再两联相对。杜甫的《旅夜抒怀》颈联云："名岂文章著，官应老病休。"出句的"文"和"章"属文学对，对句的"老"和"病"是人事对，各自在本句中自对，然后在两句中以"文章"和"老病"相对，本来以文学对人事不是工对，只能算邻对，但因为已在句中自对，所以就是工对了。

流水对在律诗中也是比较常见的一种形式。何为流水对呢？就是把需要说的一句话，分成两句来说——在出句说一半，在对句再说一半来补足。不论是出句还是对句，都没有独立性，单独一句就不能把意思完整表达出来。这和一般工对和宽对的出句或者对句都具有独立性不同。当然，工对和宽对也有流水对这种形式，换句话说，流水对中既有工对，也有宽对。下面举一个例子。

王维的五言律诗《送梓州李使君》的颔联两句："山中一夜雨，树杪百重泉。"由于"山中一夜雨"，才出现"树杪百重泉"的。出句是因，而对句是果，两句中缺少任何一句，意思都不完整。在语法结构上，上下联构成了连贯、递进、因果、条件等复合关系。

对仗中另有一种借对形式。所谓借对，就是在对句中找不到适当的字来和出句同一位置的字相对的情况下，便借用谐音字来代替某一个字。例如孟浩然在《裴司士见访》这首五言律诗中的颈联两句："厨人具鸡黍，稚子摘杨梅。"出句的第四字"鸡"是动物，而第五字"黍"是植物：鸡和黍是两种东西；对句的杨梅是一种植物。如以工对要求，杨梅对鸡黍是不够工整的。但是这里作为借对，对句的第四字"杨"作"羊"的谐音，就可以和出句的"鸡"相对，而且和"梅"连起来也成为两种东西了，由不是工对而成为工对，而且还是具有特殊审美趣味的工对。

贰 格律

限定中的无限之美

近体诗有四种主要形式：五言律诗、五言绝句、七言律诗和七言绝句，以下结合古风中之歌行体，来浅谈一下格律诗的要求和写作方法。诗谱说明中可平可仄之处以字外"○"标出。

　　需要说明的是，七言律诗和五言律诗都是每首八句，超过八句的律诗称为长律。长律两句一押韵，有的长律长到一百几十韵，除前两句和末两句外，中间各句都要对仗，否则就不能称为长律了。长律属于格律诗，但比较少见，实用也不多，这里就不作介绍了。

五言律诗

律诗有四联，它各有一个特定的名称，第一联（一、二句）叫首联，第二联（三、四句）叫颔联，第三联（五、六句）叫颈联，第四联（七、八句）叫尾联，每联的前一句为出句，后一句为对句。律诗的颔联和颈联，四句话必须写成两副工整的对联，即第四句和第三句相对，第六句和第五句相对。

五言律诗全诗八句四十个字，一般用平韵，中间两联必须对仗。五言的平仄，只有四个类型，而这四个类型可以构成两联。即：

仄仄平平仄，平平仄仄平；
平平平仄仄，仄仄仄平平。

由这两联的错综变化，可以构成五律的仄起、平起两类四种平仄格式。其实只有两种基本格式，一曰仄起，一曰平起。其余两种不过是在基本格式的基础上稍有变化罢了。

1. 仄起不入韵式

⟨仄⟩仄平平仄，平平仄仄平。
⟨平⟩平平仄仄，⟨仄⟩仄仄平平。
⟨仄⟩仄平平仄，平平仄仄平。
⟨平⟩平平仄仄，⟨仄⟩仄仄平平。

例诗

渡荆门送别

〔唐〕李白

渡远荆门①外，来从楚国游。
山随平野尽，江②入大荒流。
月下飞天镜，云生结海楼③。
仍④怜故乡水，万里送行舟。

  这是李白从四川至湖北，在荆门送别同舟的人继续东去时写的作品，抒发了自己刚刚离开蜀地，"仗剑去国，辞亲远游"（《上安州裴长史书》）时的积极向上的情绪。首联交代远道而来渡过荆门，登临楚地游览。颔联描写一个刚离开蜀地的青年眼中的奇妙美景：高山随着平原的出现逐渐消失，江水在一望无际的原野中奔流。诗人的几笔，使得自然景观特征鲜

---

①荆门：即荆门山，在今湖北省荆门县南。

②江：长江。

③下：移下。海楼：海市蜃楼。

④仍：频频。

明，同时写出气象阔大、气势飞腾的神韵。颈联描写月亮在水中的倒影好像天上飞下来的一面天镜，云彩升起，变幻无穷，结成了海市蜃楼。诗中有昼景，有夜景，可见船在荆门停了一宿以上。尾联是诗人在欣赏荆门一带的风光时，面对那流自故乡的滔滔江水，所产生的思乡之情。诗人没有直接说自己思念故乡，而说故乡之水恋恋不舍地一路送自己远行，从对面写来，富有强烈的感情色彩，愈发显出自己对故乡的思念。全诗意境开阔，如大江奔流，格调轻快。想象瑰丽，充满了积极的生活气息。尤其是"山随平野尽，江入大荒流"成为脍炙人口的名句。

　　这一平仄格式，最容易看出的是，后四句是对前四句的重复。所以，要记住这个格式，只需记住前四句就可以了。此外，第七句应是"㊉平平仄仄"，而上引李白《渡荆门送别》的第七句"仍怜故乡水"是"㊉平仄平仄"，是五言律句常用变格。这是需要说明的。

　　律句的平仄变换，最重要的有两点，即"粘"和"对"。"对"指的是每一联上下两句平仄相对，这是非常清楚的。而"粘"就不那么容易看出来，我们对比下一联的前一句与上一联的后一句，可以看到，它们的第二、四字，平仄相同，这就是律诗的"粘"。通过"粘"，不仅把律诗的四个联都联接起来了，而且保证了每一联的变化，使其平仄不与上一联相同。"粘"和"对"这两个规则，当我们清楚了其原理和奥妙，就会发现，其实这两个规则，就是为了保证由四种句式组成的两个联的交错出现，保证律诗的整齐性和变化性。所以，要记忆

诗词之美

五言律诗的格律，最简单的方法就是记住两个联，有节奏感的二十个字："仄仄平平仄，平平仄仄平""平平平仄仄，仄仄仄平平"，两个联交错出现，必然就能实现"粘"和"对"。

由上式派生出仄起首句入韵式，即首句改仄仄仄平平，其余不变。如：

仄仄仄平平，平平仄仄平。
平平平仄仄，仄仄仄平平。
仄仄平平仄，平平仄仄平。
平平平仄仄，仄仄仄平平。

例诗

送杜少府之任蜀州

[唐] 王勃

城阙辅三秦①，风烟望五津②。
与君离别意，同是宦游人。
海内存知己，天涯若比邻。
无为在歧路，儿女共沾巾。

这是王勃供职长安时送杜少府赴任蜀州（今四川崇州市）所作的一首著名的赠别诗。首联以写景起兴，对仗相当工整。"城阙辅三秦"是一个倒装的句式，其实是"三秦辅城阙"，

① 城阙：指唐代都城长安。辅：护卫。三秦：泛指当时长安附近的关中之地。古为秦国，秦亡后，项羽分其地为雍、塞、翟三国，故称三秦。
② 五津：四川境内长江的五个渡口。

32

指长安的城垣宫阙都被三秦之地护卫着。这一句一扫以往送别诗常有的萧索黯淡之象，起笔雄伟。下句"风烟望五津"，五津指四川境内长江的五个渡口，泛指蜀川。这里诗人用一个"望"字跨越时空，将相隔千里的两地连在一起。"风烟"在此起了渲染离别气氛的作用，从而引出下句。三、四句直抒胸臆。诗人笔锋一转，并没有叙写离情别绪，而是说你我都是远离故土的宦游之人，彼此间应该都能体会这种心情吧。诗人在此有意略去了对众多思绪的叙写，故意留白，增加了无限想象的空间。离别总是伤感的，但诗人并未停留于此，颈联笔锋荡开："海内存知己，天涯若比邻。"这句似受曹植"丈夫志四海，万里犹比邻"的启发，但曹植句强调志在四海，而王勃句强调友人间重在知心，天涯相隔也会是像相邻一样，这句使友情升华到一种更高的美学境界，早已成为千古句。尾联以劝慰杜少府作结。送别常常在分岔路口分手，"歧路"又一次照应送别之意。

这首诗充分流露了诗人旷达的胸襟与友情的诚挚，一洗古代送别诗中的悲凉凄怆之气，音调爽朗，清新高远，独树碑石。

2. 平起不入韵式

平平平仄仄，仄仄仄平平。

仄仄平平仄，平平仄仄平。

平平平仄仄，仄仄仄平平。

⏜仄仄平平仄，平平仄仄平。

例诗

山居秋暝①

［唐］王维

空山新雨后，天气晚来秋。
明月松间照，清泉石上流。
竹喧归浣女，莲动下渔舟②。
随意春芳歇，王孙自可留③。

这首诗是王维居辋川时所作。描绘秋天傍晚的山居之景，是王维众多吟咏山居生活的诗中最为有名的一首。

首联一个"空"字，点出山中如世外桃源般的幽静。这是一个秋天的傍晚，刚刚下过一场雨。"新雨后""晚来秋"淡淡几字，一阵清新、凉爽之气扑面而来，诗人悠闲自在的心境自在其中。颔联也是此诗流传最广的一联。"明月松间照，清泉石上流。"月泻松林，是写"静"；清泉流淌，是写"动"，动静结合，简简单单的十个字塑造了一个明净超脱的意境。接下的两句写山中人们的生活。"竹喧归浣女，莲动下渔舟。"这两句从视觉、听觉两方面进行描写，使诗中的形象

---

① 暝：日落，天黑。
② 竹喧句：浣衣女子结伴归来，竹林里传来一阵喧笑。莲动句：指溪中莲花摇动，知是渔船顺流而下。
③ 随意二句：《楚辞·招隐士》："王孙兮归来，山中兮不可以久留。"乃招致隐士之辞。这里反用其意，是说春天的芳华虽已消歇，秋景也佳，王孙自可留在山中。

更加逼真，更富有生气。这一联先写果后写因，利用人们的期待效应，制造了一个恍然大悟的效果。"归"和"下"字原本应分别放在"浣女"和"渔舟"之后，但是诗人有意将它们倒装，不仅使这一联音韵和谐，而且突出了几分动感。尾联化用了《楚辞·招隐士》的典故，并反用其意，含蓄地将自己留恋山林的心情表达出来。

这首诗与王维后期的山水诗相比，少了几分孤寂，多了几分清新，几分生活气息。全诗不事雕琢，天然入妙，高步瀛评"随意挥写，得大自在"（《唐宋诗举要》）是最恰当不过的。

需要着重指出的是，五言律诗以首句不入韵为常例，较为常见。

另一式即**平起首句入韵式**，首句改为平平仄仄平，其余不变。

平平仄仄平，⃝仄仄仄平平。
⃝仄平平仄，平平仄仄平。
⃝平平仄仄，⃝仄仄平平。
⃝仄平平仄，平平仄仄平。

例诗

晚晴

［唐］李商隐

深居俯夹城①，春去夏犹清。
天意怜幽草，人间重晚晴。

――――――――――
①夹城：城门外的曲城。

诗词之美

并添高阁迥^①，微注^②小窗明。

越鸟^③巢干后，归飞体更轻。

　　此诗写傍晚雨后的景色和感受。备受排挤的李商隐离开长安到桂林做幕府，心情得以舒缓，此诗正与当时心境相关。首联点出时间地点，又有寄托，虽深居，但楼高，可俯视夹城；春天虽逝去，而初夏尤显清爽。这种失意之中的适意，正是全诗的主旨。颔联最为人们传诵，表现了一种积极超脱的心态，只有经历过风雨，才能真正体验到这种感受。颈联描写晚晴的景色，细腻柔美，阁楼本已很高，而雨后的晴朗又使人感觉仿佛增高了一倍；夕阳的斜晖透进小窗，明丽而温馨。尾联借飞鸟言志，鸟巢被晒干，则有所栖身，心情轻松，自然体态轻盈。整首诗温婉有致而不失风骨，含蓄深沉而避免晦涩，正是李商隐优秀诗作特有的风格，反映出他学习杜甫、化用杜甫的功力。

　　这首诗第五句第一字"并"、第六句第一字"微"有所调整，使得第五、六句形成"仄平平仄仄，平仄仄平平"的整齐相对的形式，这种形式是诗人们对"平平平仄仄，仄仄仄平平"一联经常性的调整，可为你我创作时借鉴。

---

①并：双倍。迥：高远。

②微注：夕阳的斜晖微弱地照进来。

③越鸟：南方的鸟。古诗："胡马依北风，越鸟巢南枝。"此诗中没有特别的含义，
　因李商隐在桂林，故称其鸟为"越鸟"。

七言律诗
· · · ·

  七言律诗全诗八句五十六字，一般用平韵，中间两联要求对仗，其平仄一般也是两类四种格式。

  七言律句的基本格式，就是在五言律句的前面加上两个音节，平仄与五言律句的前两个音节相反，比如五言律句"仄仄平平仄"，前面加上两个音节"平平"，就形成了七言律句"平平仄仄平平仄"。这样，就在每句七字的情况下，形成了新的平仄交错的和谐韵律。只要熟悉了五言律诗的基本格式，七言律诗自然可以轻松变化而出。

1. 仄起首句入韵式

   ㋐仄平平仄仄平，㋍平㋐仄仄平平。
   ㋍平㋐仄平平仄，㋐仄平平仄仄平。
   ㋐仄㋍平平仄仄，㋍平㋐仄仄平平。
   ㋍平㋐仄平平仄，㋐仄平平仄仄平。

例诗

蜀相①

［唐］杜甫

丞相祠堂何处寻，锦官城外柏森森②。

映阶碧草自春色，隔叶黄鹂空好音。

三顾频烦天下计，两朝开济老臣心③。

出师未捷身先死，长使英雄泪满襟④。

　　唐肃宗上元元年（760）春，杜甫初到成都，前去南郊武侯祠瞻仰诸葛亮时所作。首联平平而起，诗人以自问自答的方式起兴，点出武侯祠所在地在锦官城外南郊之地，再以"柏森森"以状祠堂之柏翁翁郁郁。之所以选写"柏"，相传柏树为诸葛亮手植。这是写远望之景。颔联写近景，显然诗人已来到祠堂。而诗人既不写祠内文臣武将之塑像，也不写楹联之精美，仅突出"映阶碧草"和"隔叶黄鹂"两意象，诸葛亮已成古人，如今只剩阶下春草自绿，树丛中黄鹂徒然发出悦耳鸣声。"自"与"空"写出了明丽春光中的一片寂寞荒凉之感，深化了诗人对诸葛亮的仰慕和感物怀人之情。颈联承接上联的慨叹，转入对诸葛亮功绩的追述。"三顾频烦"显刘备的礼贤

---

① 蜀相：指三国时蜀国丞相诸葛亮。

② 锦官城：今四川成都市，蜀汉故都，城外有锦江，故名。又说成都城的西南部，为古时主管织锦官的居所，故称锦官城。

③ 三顾：指刘备三次拜访诸葛亮于草庐之中。频烦：屡次劳烦。两朝：指刘备（先生）、刘禅（后主）两朝。开济：开创大业，匡危济时。

④ 出师：蜀汉刘禅建兴十二年（234），诸葛亮率师伐魏，由斜谷出据武功五丈原（今陕西郿县西南），不幸病死军中。英雄：指后代的仁人志士。

下士；"天下计"见诸葛亮的雄才伟略。即他在《隆中对》中设计的据荆州、益州，内修政理，外结孙吴，待机伐魏，统一天下的大计。而"两朝开济"写出了诸葛亮呕心沥血、鞠躬尽瘁的精神。前已叙及，此联属宽对，是传诵千古的名联。尾联："出师未捷身先死，长使英雄泪满襟。"诗人在唏嘘追怀：像这样一位忠心报国的人竟大业未成就死掉了，以致使后代仁人志士感到惋惜、伤心流泪。杜甫早有"致君尧舜上"的匡世之心，但报国无门，故在诸葛亮祠堂前倍感痛惜。宋朝抗金英雄宗泽，临死时也背诵此二句，可见千载英雄志士，可感同身受！

由此派生出**仄起首句不入韵式**，亦即第一句改为仄仄平平平仄仄，其余不变。

⊙仄⊙平平仄仄，⊙平⊙仄仄平平。
⊙平⊙仄平平仄，⊙仄平平仄仄平。
⊙仄⊙平平仄仄，⊙平⊙仄仄平平。
⊙平⊙仄平平仄，⊙仄平平仄仄平。

例诗

闻官军收河南河北①

[唐] 杜甫

剑外②忽传收蓟北，初闻涕泪满衣裳。

却看妻子愁何在，漫卷诗书喜欲狂。

---

① 河南河北：泛指黄河以南以北的地区。
② 剑外：剑门关以外，今四川剑南一带。

白日放歌须纵酒，青春作伴好还乡。
即从巴峡穿巫峡①，便下襄阳向洛阳②。

　　安史之乱平息，杜甫听到这一好消息，喜不自禁，写下了这首平生第一快诗。全诗可谓一气呵成。首联写初闻捷报，喜极而泣。颔联写两个细节，生动地刻画了这种喜悦之情。"却看（读平声）"，犹言再看，还看。不作回头顾视讲，"却"字与下句"漫"字对。"愁何在"，言愁已无影无踪。"漫卷诗书"，胡乱卷起书本，作归乡之计，已接近手舞足蹈之态了。颈联写庆祝，要快地唱歌喝酒，要回到故乡。以"白日""青春"领起，色调明朗。一"放"一"纵"，仍是狂喜之态。"须"与"好"对举，都表示肯定和强调，不容置疑。说完还乡，尾联便开始筹划。尾联使用流水对，将相距遥远的四个地名串在一起，突出了一个快字，依然是狂喜之情。"巴峡""巫峡"重复"峡"字，"襄阳""洛阳"重复"阳"字，"峡""阳"两两相对，对仗工整，辞气顺畅，又合乎平仄，这种手笔常人实在难以为之。熟读此诗，可细味杜甫诗律之精，用字之妙。

　　这首诗平仄整齐，调整全在出句上，第一句第三字"忽"、第三句第一字"却"和第三字"妻"、第五句第三字"放"、第七句第三字"巫"，都在可平可仄的范围内。对句则完全符合基本格式。

----

①　巴峡：在今重庆市东的嘉陵江上游，由石洞峡、铜锣峡、明月峡组成。巫峡，长江三峡之一，在今四川巫山县东。
②　襄阳：今湖北襄樊。

2. 平起首句入韵式

㊉平㊎仄仄平平，㊎仄平平㊎仄平。

㊎仄㊉平平仄仄，㊉平㊎仄仄平平。

㊉平㊎仄平平仄，㊎仄平平㊎仄平。

㊎仄㊉平平仄仄，㊉平㊎仄仄平平。

例诗

江村

〔唐〕杜甫

清江一曲抱村流，长夏江村事事幽。

自去自来堂上燕，相亲相近水中鸥。

老妻画纸为棋局，稚子敲针作钓钩。

多病所须唯药物，微躯此外更何求。

　　这是杜甫的一首抒写闲适生活的小诗，诗句节奏轻快，充满趣味。我们可以从中体会杜甫的章法与诗艺。章法是脉络清楚，推进合理。第二句"事事幽"三字，是全诗关紧的话，提挈一篇旨意。中间四句紧紧贴住"事事幽"，一路叙下，从物态人情方面，写足了江村幽事。末联以幸词写苦情，用"微躯此外更何求"一句，关合"事事幽"，简洁稳当，结束全诗。诗艺就是诗歌的技艺，不仅要熟了"仄仄仄平平仄仄，平平平仄仄平平"的新的两句相对的整齐形式。可见悉诗律，还要能驾驭诗律。古人认为，律诗中用复字最难，一则有篇幅限制，需要语言简练，涵义丰富，二则有格律的规定。杜甫偏爱用复字与叠字，我们在其他诗中也领略过，比如《登高》："无边落木萧萧下，不尽长江滚滚来。"《客至》："舍南舍北皆春水，但见群鸥日日来。"这首诗也是，首联两句，"江"字、"村"字皆两见。颔联更是有趣，"自去自来"与"相亲相近"相对仗，生动形象，别具一格。而且，叠字出现在一、三字上，正是可平可仄的范围内。经过调整，颔联形成，杜甫复字不犯复，在复字、叠字中体验到了驾驭诗律的创作快感。

此外，这首诗第二句第一字"长"、第五句第一字"老"、第七句第一字"多"与第三字"所"有所调整，都在可平可仄的范围内。

由此派生出**平起首句不入韵式**，亦即第一句改为㊉平仄仄平平仄，其余不变。

㊉平仄仄平平仄，仄仄平平仄仄平。
仄仄㊉平平仄仄，平平㊉仄仄平平。
㊉平仄仄平平仄，仄仄平平仄仄平。
仄仄㊉平平仄仄，平平㊉仄仄平平。

例诗

登快阁

[宋] 黄庭坚

痴儿了却公家事，快阁①东西倚晚晴。

落木千山天远大，澄江一道月分明。

朱弦已为佳人绝②，青眼③聊因美酒横。

万里归船弄长笛，此心吾与白鸥盟④。

　　此诗黄庭坚作于做泰和县令任上。黄庭坚讲究诗法，精于炼字，主张学习前人作品，又力求新奇，"点铁成金"，不落平庸，这首即可看出他的风格特点。诗的首联点题，写傍晚登阁，叙事中兼有写景。第一句便用典，魏晋人喜清谈，厌恶公务俗事，称忙于公务之人为"痴"，见《晋书·傅咸传》。而黄庭坚以"痴儿"自指，便有了几分幽默自嘲的色彩。以痴儿办完公事这样一句平淡的话叙述缘起，在诗作中也是很少见的，可见其标新立异之处。李商隐有"天意怜幽草，人间重晚晴。"而黄庭坚此处正用晚晴之美好，以一个"倚"字表达出那种舒适宜人的感觉。颔联写倚阁所见，承"晚晴"二字发

---

　　①快阁：在今江西泰和县，赣江边上，原名慈氏阁，建于唐僖宗乾符元年。

　　②朱弦：《吕氏春秋·本味》："钟子期死，伯牙破琴绝弦，终身不复鼓琴，以为世无足复为鼓琴者。"佳人，本义为美人，此处代指知己、知音。

　　③青眼：《晋书·阮籍传》："籍又能为青白眼，见礼俗之士，以白眼对之。及嵇喜来吊，籍作白眼，喜不怿而退。喜弟康闻之，乃赍酒挟琴造焉，籍大悦，乃见青眼。"

　　④此心吾与白鸥盟：《列子·黄帝》："海上之人有好沤（鸥）鸟者，每旦之海上，从沤鸟游，沤鸟之至者，百住而不止。其父曰：'吾闻沤鸟皆从汝游，汝取来，吾玩之。'明日之海上，沤鸟舞而不下也。"后人以与鸥鸟盟誓表示毫无机心。

挥，景中寓情。会让我们想起杜甫的"无边落木萧萧下"和谢朓的"澄江静如练"，杜诗以"无边"修饰落木，而黄诗的"千山"，也是无边之境，但色调变得清爽明亮，继之以"天远大"，则一扫萧瑟之气。谢诗将澄江比作白练，凸显清静，黄诗取其意象，白练"一道"，继之以"月分明"，更感玲珑剔透。这两句诗，可以看出黄庭坚化用前人诗句，创造全新意境的精妙之处。颈联转入抒情，发泄无知音之叹。用了两个典故，表达了自己孤芳自赏、醉心诗酒的心境。伯牙的琴弦是为失去知音子期而绝，如今我缺少知音，无人赏识；阮籍的青眼本为好友嵇康而横，如今我没有好友，姑且以酒解愁。尾联抒弃官归隐之情，又用了白鸥的典故，写出了诗人对自由生活的向往。这首诗有四处用了典故，典故用得好，能起到生动有趣、言简意丰的效果。但是，不能只为了显示学问，用太偏僻生涩的典故。用典的最高境界是浑然一体，不着痕迹，这首诗的末句正是如此。"白鸥"这一意象，本来就给人以潇洒飘逸、心无杂念的感觉，即使不知道典故，也能体会到诗人的主旨与情感。

　　这首诗格律严整，前五句和基本格式一字不差，第六句第一字"青"、第八句第一字"此"与第三字"吾"有所调整，都在可平可仄的范围内。我们知道，五言律诗"平平平仄仄"句式有一个常用的变格为"平平仄平仄"，而七言律诗也可以有相对应的变格，即本诗第七句，第五字"弄"为仄声，第六字"长"为平声，形成了"仄仄平平仄平仄"的形式，这一变格也很常用，我们可以熟悉并加以应用。

值得一提的是，诗人锦心绣口，有时写律诗时，不满足于中间四句对仗，而常常出现六句甚至八句对仗，因而呈现出特殊的精整的艺术魅力。如：

例诗　　　　　**在狱咏蝉**

〔唐〕骆宾王

西陆蝉声唱，南冠客思深①。

不堪玄鬓②影，来对白头吟。

露重飞难进，风多响易沈③。

无人信高洁，谁为表余心④。

这首诗是诗人在高宗仪凤三年（678）以上书讽谏触怒武后，被诬以贪赃罪下狱时作。诗中托物寄情，是比是兴，抒写了诗人在特定环境中品格的高尚和蒙冤受屈的愤慨。

首联即用起兴的手法，以蝉声引出客思，诗人在狱中深深地怀想自己的家园。句法上又运用对偶，并且对得很工。"南冠"用典，诗人以钟仪自喻。《左传》成公九年，"晋侯观于军府，见钟仪。问之曰：'南冠而系者谁也？'有司答曰：'郑人所献楚囚也。'"颔联既说蝉又说自己，表达英雄无用

---

① 西陆：指秋天。南冠：指被囚系的人。

② 玄鬓：黑发。蝉首色黑，故云玄鬓。

③ 响易沉：鸣叫之声容易消失。

④ 信高洁：相信是清高廉洁的。古人认为蝉只"饮露而不食"，把它当作清高的象征。余心：我的心迹。

武之地的凄恻感情。诗人不敢再看两鬓乌玄的秋蝉，它能尽情高唱；而诗人却经历着政治上的种种折磨，一事无成，还被囚禁。"白头吟"，又是乐府曲名。传说西汉时卓文君在司马相如对她的爱情不忠后写《白头吟》以自伤。诗人巧妙地借用这一典故，表达执政者辜负了他对国家的一片忠爱之心。颈联是诗的中心，既咏蝉，也自喻。露水重，蝉翼湿，难以向前飞进。比喻自己处境艰难，政治上的不得志，冤不能伸。风声大，蝉声便显得低沉。比喻自己在众口一词的情况下，有口也难辩，言论上受压制。尾联继续以蝉自喻，高居树上的秋蝉，餐风饮露，有谁相信它不食人间烟火？只有蝉和诗人才能互相理解，蝉为诗人高歌，诗人为蝉而写作。

这首诗八句有六句对仗，用典贴切，语言含蓄，自然真切，很好地实现了物我一体的境界。

例诗 # 登高①

[唐]杜甫

风急天高猿啸哀②，渚③清沙白鸟飞回。

无边落木萧萧下④，不尽长江滚滚来。

---

① 这首诗作于唐代宗大历二年（767）秋重阳节，杜甫在夔州。

② 梁简文帝《雁门太守行》二首之一："风急旌旗断。"陶潜《和郭主薄》二首其二："天高风景澈。"庾信《奉和浚池初成清晨临泛》："猿啸风还急。"郦道元《水经注》卷三十六载三峡渔者歌曰："巴东三峡巫峡长，猿鸣三声泪沾裳。"

③ 渚：水中的小洲。

④ 落木：落叶。萧萧：形容风吹树叶的声音。

万里悲秋常作客，百年多病独登台^①。
艰难苦恨繁霜鬓^②，潦倒新停浊酒杯^③。

明胡应麟《诗薮》："此章五十六字如海底珊瑚，瘦劲难移，沉深莫测，而精光万丈，力量万钧，通章章法句法字法前无昔人，后无来学。此当为古今七言律第一，不必为唐人七言律第一也。"

本诗的确是一首艺术水准很高的七律。诗写悲秋，写得不落俗套，奇峰突起。首句惊心动魄，使全诗笼罩在悲凉的氛围之中。次句却平缓而出，让人感到一种宁静的凄凉、空旷的惆怅、孤独的忧伤。颔联写万象纷繁和百感交集。无边落木萧萧下，固然使人类深感在自然面前的渺小和无奈，但不尽长江滚滚来，又往往激起人生命的激情，向人类示范着一种永不停歇的进取精神。正因如此，这首充满悲凉感的诗篇才使人品味出一种悲壮感，看到一种壮心不已的意境。如此一来，以下四句也就都有了同样的审美精神；万里悲秋常作客，是悲凉的进取；百年多病独登台，是不幸者对命运的不屈不挠的抗争；艰难困苦，穷愁潦倒，玉汝于成。诗人生命旅途上的坎坷不幸、凄凉悲伤是重重叠叠，无以复加的，然而他不屈不挠的进取也是可歌可泣的。沉郁顿挫的生命固然是沉重感伤的，但也是丰富、深沉、有力度的。

---

① 宋罗大经《鹤林玉露》："万里，地之远也；悲秋，时之惨凄也；作客，羁旅也；常作客，久旅也；百年，暮齿也；多病，衰疾也；台，高迥处也；独登台，无亲朋也；十四字间含有八意，而对偶又极精确。"多病：杜甫当时年老多病。
② 繁霜鬓：白发如霜日益增多。
③ 潦倒：衰颓、失意。杜甫这时因肺病戒酒，故云"新停浊酒杯"。

　　此诗有许多值得揣摩借鉴的经验。要之，一是情与景融合得好，用凄清之景衬托悲伤的心境。二是结构之起承转合极其严谨自然。三是精彩的对仗。此诗四联全对，同时又自然妥帖，耐人咀嚼。如律诗首联本不求对仗，但此诗首联不仅上下句对仗，而且句中自对："风急"对"天高"，"渚清"对"沙白"，对得极其自然。颔联是著名的对联，境界阔大，气象雄浑，写出了时间和空间无限的容量。连用对仗，须求变化。如此诗首联意象密，每句三个意象，句法结构是主谓—主谓—主谓三组并列。颈联、尾联意象疏远，每句一个意象，句法只是一个主谓结构，用字精准简要，无重复字，无拼凑字，层层迭加，次第加强"悲"的内涵。

五言绝句
. . . .

绝句的长度是律诗的一半，平仄率相当于截取律诗的前半部分，粘、对都与律诗相同。而对仗方面，没有固定的要求。所以，熟悉了上一节五言律诗的格式之后，学习五言绝句就非常容易了。五言绝句大都采用首句不入韵式。

五言绝句的基本格式也有仄起式和平起式两种。

1. **仄起首句不入韵式**　这一格式，相当于截取五言律诗仄起式的前半部分。

⟨仄⟩仄平平仄，平平仄仄平。
⟨平⟩平平仄仄，⟨仄⟩仄仄平平。

例诗

登鹳雀楼①

[唐] 王之涣

白日依山尽，黄河入海流。

欲穷千里目，更上一层楼。

前二句写白日依山而落、黄河奔流入海的恢宏景象。诗人能看见白日依山、黄河奔流，但"入海流"却是想象，借助想象而造成尺幅万里的艺术效果。关于白日是朝阳还是落日，其所依之山是什么山，我以为没有必要深究和坐实，诗人只是写宇宙在时间中运行罢了。后二句升华出一个哲理，是名句。有解诗者说由此可知诗是在二层写的，因而想象"更上一层"的感觉。这也过于指实了，诗不可如此解。

绝句不要求对仗，但此诗四句两两对仗。一、二句是工对，三、四句是流水对。沈德潜《唐诗别裁集》评："四语皆对，读来不嫌其排，骨高故也。"

另一式**仄起首句入韵式**，第一句改为⟨仄⟩仄仄平平，其余不变。

⟨仄⟩仄仄平平，平平仄仄平。

⟨平⟩平平仄仄，⟨仄⟩仄仄平平。

---

① 鹳雀楼建于北周时期，在山西蒲州府（今永济县）西南。宋沈括《梦溪笔谈》卷十五："河中府鹳雀楼，三层，前瞻中条，下瞰大河。"元初（1272）毁于战火。1999年重建。

例诗

塞下曲

［唐］卢纶

月黑雁飞高，单于①夜遁逃。

欲将轻骑逐，大雪满弓刀。

这首诗生动再现了边塞生活的一个片段。首联写缘起，月黑时恐怕是看不到大雁的，但是俗语有"月黑风高"，风高自然大雁就飞得高。所以，"雁飞高"，既动态十足，避免了单调，又渲染了天气的恶劣。第二句承接，敌人会选择在这样一个晚上逃跑，以为战士们不会发现。尾联写战士们得知消息，立即行动，为了赶时间，只跨上轻骑，而刀已经出鞘，准备随时杀敌。"大雪满弓刀"，豪气十足，突出了战士们的飒爽英姿。

这首诗格律整齐，仅第三句第一字"欲"有所调整。第三句第四字"骑"作名词讲，读去声（jì），合乎格律。

2. 平起首句不入韵式

平平平仄仄，仄仄仄平平。

仄仄平平仄，平平仄仄平。

---

① 单（chán）于：古代匈奴君主的称号，此处代指游牧民族的上层首领。

例诗

山中

〔唐〕王勃

长江悲已滞，万里念将归。

况属高风晚，山山黄叶飞。

　　这首诗写于诗人客居蜀中时期，融情于景，抒发了迫切的归乡之情。首联对仗，"长江""万里"对举，境界开阔。因为我的悲伤，觉得长江都已停滞。不使用这种极度夸张不合情理之语，不足以表达诗人感情的深重。表达了迫切的愿望之后，尾联转回到现实的无奈，正处于深秋时节，漫山黄叶飘飞，这种凄清孤寂之景也正是作者心境的写照。以景结尾，而景中含情，这样的方式运用得好，可以提升全诗的境界和容量，余韵无穷。

　　诗的格律齐整，唯第四句第三字改用平声，也在"一三五不论"的范围内。因前两字"山山"为叠字，第三字用"黄"字拉长了音节，为结句增加了回环萦绕的效果。

　　由此派生**平起首句入韵式**，第一句改为平平仄仄平，其余不变。

平平仄仄平，仄仄仄平平。

仄仄平平仄，平平仄仄平。

例诗

汾上惊秋

〔唐〕苏颋

北风吹白云，万里渡河汾[①]。
心绪逢摇落[②]，秋声不可闻。

　　这首五绝是一首颇具特色的即兴咏史诗，写汾河边秋天的来临，寓深意于寄兴，抒发其岁暮时迈的感慨。

　　汉武帝元鼎四年（前113）夏天，方士奏报祥瑞，在汾阴掘获黄帝铸造的宝鼎。武帝大喜，秋天亲自来到汾阴，祭祀皇天后土，还和群臣在船中饮宴赋诗，作《秋风辞》。开元时期的唐玄宗雄心勃勃，大有追步汉武帝之意。开元十一年（723）二月，唐玄宗也来到汾阴祭祀皇天后土，并改称汾阴为宝鼎县。在从驾祭祀之后两天，苏颋忽然被调离朝廷，尚未回京即直接入蜀，任益州大都督府长史。这突然调离的消息使苏颋甚感失意，于是写下此诗托景寄情。

　　了解了上述背景，就比较容易切实理解本诗所蕴含的复杂心情了。

　　首二句化用了《秋风辞》的诗意："秋风起兮白云飞，泛楼船兮济河汾。"苏颋在汾河上被北风一吹，一阵寒意使人惊觉秋天来临；而诗人当时正处于一生最感失意的境地，出京放任外省的闲职，恰如一阵北风将他这白云吹得老远。即景起兴

①　河汾：黄河和汾河。汾河在今山西省境内，是黄河的支流，诗中所说的河汾，是指汾水流入黄河的一段。
②　摇落：草木凋零、零落。

中抒发着历史的联想和感慨，在关切国家的隐忧中交织着作者个人的哀愁，可谓百感交集，愁绪纷乱。后二句则明确地说穿了这种复杂心情。"摇落"二字化用了《秋风辞》中"草木黄落"的句意，又本于宋玉《九辩》中"悲哉秋之为气也，萧瑟兮草木摇落而变衰"的句意。"心绪逢摇落"，既指萧瑟的秋风，又指自己失意的境遇，所以说"逢"。"秋声"为何"不可闻"？秋声即北风呼啸的声音，这种声音是肃杀的，听了只会使愁绪更为纷乱，心情更加悲伤，所以"不可闻"。这明白表示了首二句所蕴含的复杂心情的性质和倾向。

作者久与政事，熟悉历史，预感到汉、唐两个盛世皇帝之间的异同，隐约地感到某种忧虑，然而自己一时又说不清楚，只能托于"惊秋"。几年之后的"安史之乱"，印证了作者的隐忧。当时，作者只能用写自身的失意来表达这种感觉和隐忧。恰因为这一点，构成了一种独特的艺术特点，以形象来表示，让读者去领会。

前面所讲近体诗中的四种句式称为律句，凡用律句写成的绝句，不管是五言的还是七言的，都称为律绝，凡不用律句或基本上不用律句的绝句称为"古绝"。古绝不拘平仄，押韵既可押平声韵，也可押仄声韵。"古绝"多用五言，押平声韵的如：

平平平仄平，平仄仄仄平。（典型非律句）
仄平仄平仄，平平平仄平。

例诗　　　　　　　　**静夜思**

〔唐〕李白

床前明月光，疑是地上霜。
举头①望明月，低头思故乡。

本诗是在寂静夜晚思念家乡的经典诗作。因思乡而难以入眠的诗人看到床前一片水银似的月色，骤然间以为是秋霜降落。这一"霜"字用得很妙，既形容了月光的皎洁，又表达了季节的寒冷，暗示了思乡的情感。诗人索性起来，抬头而望，夜空上一轮孤光。这孤寂的寒月自然引起无限惆怅，使诗人不由得低下头来沉思，愈加想念自己的故乡。望月思乡，是旅居外地时所常有的感情。此诗即景生情，从"疑"到"举头"，从"举头"到"低头"，形象地表现了诗人的心理活动过程，以平淡的语言娓娓道来，将一幅鲜活的月夜思乡图生动地呈现在我们面前。这首诗寥寥数语便将主题表现得淋漓尽致，如清水芙蓉，不带半点修饰，一切均从心底自然流出，宛如天籁，以致千百年来脍炙人口，流传不衰！

押仄声韵的如：

平平仄平仄，仄仄仄平仄。
仄仄平仄平，仄平平平仄。
（后两句典型非律句）

————————

①举头：抬头。

例诗

拜新月

［唐］李端

开帘见新月，即便下阶拜。
细语人不闻，北风吹裙带。

唐代拜月的风俗流行，此诗写作者之所见所闻，全用素描手法，只以线条勾勒轮廓。"开帘"一句，揣摩语气，开帘前似未有拜月之意，然开帘一见新月，即便于阶前随地而拜，可知其长期以来积有许多心事，无人诉说，无奈托之于明月。"即便"二字是欣赏全诗的关键所在，于虚处传神，为语气、神态、感情之转折处。"细语"二字，惟妙惟肖地状出少女娇嫩含羞的神态。庭院无人，临风拜月，其虔诚之心，其真纯之情，其怜惜之态，令人神往。后两句有不尽之意，而笔锋落处，却又轻如蝶翅。

有学者认为古绝不属格律诗的范畴，加之应用也少，此处故只叙及，不加详论。

<h1 style="text-align:center">七言绝句</h1>

‧ ‧ ‧ ‧

在本章第一节已介绍，传统格律诗只有四种句式，这四种句式称为律句。所有的格律诗都是由这四种句式以不同的顺序排列组合出来的。七言的四种句式是将五言的每一句前都加上两字，成为每句七个字：

平平仄仄平平仄，仄仄平平仄仄平。
仄仄平平平仄仄，平平仄仄仄平平。

第一种句式称平仄脚，第二种句式称仄平脚，第三种句式称仄仄脚，第四种句式称平平脚。这四种句式排列组合，就构成七言绝句的两类四种格式。

1. 平起首句不入韵式

㊉平⊗仄平平仄，⊗仄平平仄仄平。

57

仄仄平平平仄仄，平平仄仄仄平平。

例诗

马嵬坡①

［唐］郑畋

玄宗回马杨妃死，云雨难忘日月新。
终是②圣明天子事，景阳宫里又何人？

这首诗语句通俗，但含有许多典故，如若不明典故，是很难理解诗意的。

"马嵬坡"用玄宗缢死杨贵妃事。"云雨"，该典出自宋玉《高唐赋·序》："先王尝游高唐，怠而昼寝，梦见一妇人曰：'妾在巫山之阳，高丘之阴，旦为朝云，暮为行雨，朝朝暮暮，阳台之下'。"后世因用"云雨"指男女欢会，本诗中指唐玄宗与杨贵妃的恩爱之情。"景阳宫井"，景阳宫在台城（今江苏南京市玄武湖边）内。据《陈书·后主妃》记载，隋兵攻入台城时，陈后主与其宠妃张丽华等入景阳宫井中躲避，后来为隋兵所获。

在马嵬坡凭吊的诗很多，有责备杨贵妃祸国的，有批评唐玄宗无情义的，也有同情杨贵妃的。郑畋的这首《马嵬坡》却不因袭陈说，自出机杼，表现了作者作为政治家的不同的视角

---

① 马嵬坡：即马嵬驿，在今陕西省兴平县。天宝十五年（756）安禄山叛军攻破潼关，唐玄宗从长安（今西安）仓皇出逃。行至马嵬驿，随从军队哗变，杀死杨国忠，并请诛死杨贵妃。唐玄宗迫于情势，令人缢死杨贵妃。

② 终是：到底是。

和眼光。六军哗变，玄宗回马掩面，只得将杨贵妃赐死，但是随着时间的推移，他对杨贵妃的思念之情愈益难忘。虽然玄宗承受了感情上的伤痛，但他避免了重蹈陈后主覆辙的错误，到底是圣明之举。

这首诗摆脱了许多马嵬坡的单从感情方面进行评判的窠臼，而认为将感情置于国家的命运与前途之下是明智的，因而后人以为作者有"宰辅之器"。

2. 平起首句入韵式

平平仄仄仄平平，仄仄平平仄仄平。
仄仄平平平仄仄，平平仄仄仄平平。

例诗

宫词

［唐］顾况

玉楼天半起笙歌，风送宫嫔笑语和①。
月殿影开闻夜漏，水晶帘卷近秋河②。

宫词是写宫女生活的，而且一般是写其怨情的。这首诗没有标明"怨"字，似乎与"怨"无关，但细细品味，却可以体会到作者的韵外之音。

———

① 天半：形容楼很高。宫嫔：宫女，嫔妃。
② 漏：古代通过滴水计时的工具。水精帘：水晶一样的珠帘。秋河：秋天的银河。

　　"玉楼"两句是说，高到半天的玉楼上笙歌四起，宫女嫔妃们欢快的说笑声随风传来。宫中如此豪华气派，宫中人是否都在欢快地说笑呢？"月殿"两句是说眼看明月的银辉照着殿庭，耳听着滴漏计时的滴嗒声。卷起水晶一样的珠帘，遥望窗外银河正横亘在秋天的夜空。作为一个宫女，在笙歌四起，嫔妃笑语的时候，她独自一个人看着月光映照着宫殿，听着象征青春流逝的滴漏的声音；卷起珠帘，看见将牛郎与织女隔在两边的银河，她能不联想到自己的身世吗？她也许曾是一个受宠者，但现在新的受宠者已代替了她的位置。宫中的豪华与热闹越发反衬出被冷落者的伶仃孤苦，反衬出失宠者的深深的怨情，这里诗人虽没有点出这个"怨"字，但字里行间都流露着这个"怨"字。

　　这首诗的好处就在于含而不露，引而不发，将一份幽怨哀婉之情在一种轻淡的氛围中烘托了出来。

3. 仄起首句不入韵式

　　　仄仄平平平仄仄，平平仄仄仄平平。
　　　平平仄仄平平仄，仄仄平平仄仄平。

60

例诗

夜上受降城①闻笛

［唐］李益

回乐烽②前沙似雪，受降城外月如霜。
不知何处吹芦管③，一夜征人尽望乡。

受降城在初唐时有十分显赫的经历，然而时至中唐，国力衰微，边乱不息，长期戍守在这里的将士也不再有初唐、盛唐时的自信，相反，厌战情绪笼罩着他们。在这样的大背景下，诗人带着沉重的心情，在深秋的一个月夜，登楼远眺，无限感慨，写下了这首诗。

一、二句写诗人登楼时所见的月下景色。月光照着受降城高矗的烽火台，连同它脚下的茫茫大漠。这月光有如霜一般的清冷，给漫无边际的沙地也染上一层清冷的色彩。三、四句紧承前两句，写在一片岑寂中，不知从何处传来芦管的吹奏声，这随风而至、时断时续的乐音，竟然吹动了所有人的思乡之情。"一夜征人尽望乡"一句，包含了凝重、深长的意味，"尽"字写出了他们无一例外的不尽的乡愁。如果不是征人的思乡之心急切，如果不是征人彻夜难眠，这乐音怎能扰动他们鏖战后的沉酣呢？

从全诗来看，前两句写景，第三句写声，末句抒心中所

---

① 受降城：贞观二十年，唐太宗于灵州受突厥一部之降，故灵州也称受降城。

② 回乐烽：回乐县附近的烽火台，回乐在灵武西南。

③ 芦管：即胡笳，一种以芦叶为管的乐器。《太平御览》卷五百八十一引《晋先蚕仪注》："笳者，胡人卷芦叶吹之以作乐也，故谓胡笳。"

感，写情。前三句都是为末句直接抒情作烘托、铺垫。全诗景色、声音、感情三者融合为一体，将诗情、画意和音乐美熔于一炉，组成了一个完整的艺术整体，意境浑成，简洁空灵，而又具有含蕴不尽的特点。因而被谱入弦管，天下传唱，成为中唐绝句中出色的名篇之一。

4. 仄起首句入韵式

仄仄平平仄仄平，平平仄仄仄平平。
平平仄仄平平仄，仄仄平平仄仄平。

例诗

乌衣巷①

[唐] 刘禹锡

朱雀桥②边野草花，乌衣巷口夕阳斜。
旧时王谢堂前燕，飞入寻常百姓家。

是一首怀古诗。前两句写景，"朱雀桥""乌衣巷"，昔日繁华之地，只今唯余野花闲草，夕阳斜照。后两句写情，依然是今昔对比，依然是轻描淡写，道出了人事代非。诗人不直写物是人非，而是以燕归旧巢为喻，含蓄隽永，耐人寻味，深受后人推崇。

---

① 乌衣巷：在今南京市东南，秦淮河附近。三国时东吴驻军于此，因军士皆穿黑衣而得名。东晋时大贵族王导、谢安两大家族，也居住在乌衣巷，人称其子弟为"乌衣郎"。
② 朱雀桥：在今南京市东南，横跨秦淮河。

　　诗的妙处在于，只写普通景物，没有一字慨叹，却深刻地表现出那种沧海桑田的兴衰之感。这就是诗论所谓的"不著一字，尽得风流"。

　　这首诗格律整齐，第一句第一字"朱"、第三句第一字"旧"与第三字"王"、第四句第一字"飞"有所调整，都是可平可仄之处。

歌　行

　　中国是诗歌的国度。《诗经》中有十五国风,后人由此引申
将诗歌也称为"风"。唐以前写诗不求平仄、对仗,用韵自由,
字数句数形式不拘,一首诗可长可短,句数可奇可偶,字数可以
是五言,也可以是七言,甚至可以一首诗中有三言、四言、五、
六、七言等长短句式。唐人将这类诗称为古体诗,即古风。

　　古风的特点是用韵不受限制,可用平韵,也可用仄韵,
而且可以换韵,不求对仗,不拘字数,不拘平仄,因此不存在
平起平收和仄起仄收一说,既无失粘又无失对和孤平拗救。但
古风也有它的独特之处,它要求古朴风雅,遣词造句或雄壮铿
锵,或缠绵委婉。诗人在写古风时尽可能不用律句,多用拗句
或以仄声押韵以求格调高古。本书不将古风归入格律诗的范
畴,故不赘论。

　　唐以后声律大兴,时人按声律将诗分为古体诗和近体诗。
这是唐代形成的概念。而且自从有了律诗以后,诗人们尝试用
律句写古风,这种入律的古风,律句的要求不严,用韵较宽,

并且一首诗中常常几句一换韵，平韵和仄韵交替，讲究气韵流畅浑成，风神摇曳，铺陈华丽，称为歌行体。如白居易的《长恨歌》和《琵琶行》及王维的《桃源行》等都是脍炙人口的歌行名作。下面仅举唐代高适《燕歌行》为例，以明歌行之体要：

例诗

燕歌行①

［唐］高适

汉家②烟尘在东北，汉将辞家破残贼。男儿本自重横行③，天子非常赐颜色。摐金伐鼓下榆关④，旌旆逶迤碣石间。校尉羽书飞瀚海⑤，单于猎火照狼山。山川萧条极边土，胡骑凭陵杂风雨⑥。战士军前半死生，美人帐下犹歌舞⑦。大漠穷秋⑧塞草衰，孤城落日斗兵稀。身当恩遇常轻敌⑨，力尽关山未解围。铁衣远戍辛勤久，玉箸应啼别离后⑩。少妇城南欲

---

① 《燕歌行》：古乐府《相和歌辞·平调曲》旧题，本诗内容有所开拓，此前多限于写思妇对征人的怀念之情。

② 汉家：借指唐朝。

③ 横行：纵横驰骋于敌军中。

④ 摐（chuāng）：击打。金：指形如长形钟、有柄可持的类似钲的行军时所用乐器。榆关：指山海关，是通向东北的要隘。

⑤ 校尉：武官名。羽书：指插羽毛以示紧急的传送紧急情报或命令的文书。

⑥ 极边土：直到边疆的尽头。凭陵：凭借某种有利条件威逼、侵犯他人。

⑦ 军前：军事前线。帐下：指领兵将帅的营帐里。

⑧ 穷秋：深秋。腓（féi）：病；枯萎。一作"衰"。

⑨ 当：受到。恩遇：指受到皇帝的恩惠知遇。

⑩ 铁衣：借指着铁甲的兵士。玉箸：玉制的筷子，借指思妇的眼泪。

断肠，征人蓟北空回首①。边风飘飘②那可度，绝域苍茫更何有？杀气三时作阵云，寒声一夜传刁斗③。相看白刃血纷纷，死节从来岂顾勋④？君不见沙场争战苦，至今犹忆李将军⑤！

本诗是诗人在开元二十六年（738）有感于征戍之事而作的边塞诗。全诗视角广阔，描摹边塞征战生活，歌颂以身许国、英勇战斗的从征将士，揭露了统帅不恤士卒与荒淫无能给战士、百姓及国家带来的灾难。

第一段八句写出师，边境告急、战士奉命出征。"在东北""破残贼"点明了战争的方位和性质。"重横行""赐颜色"为下文埋下伏笔，看似赞扬将领去国时的威武荣耀，实则隐含讥讽。本段从辞家去国写到榆关、碣石、瀚海、狼山，概括了出征的历程，气氛从缓和渐入紧张。

第二段八句写战争的具体经过。敌人蹂躏如雨暴风急，大半战士战死阵前，军士战死难解围，可谓一场双方力量对比悬殊的血战。而"美人帐下犹歌舞"暗示战争必败的原因。运用对比的手法，形象描绘了将帅的骄惰轻敌和战士的苦战。

---

① 城南：泛指少妇的住处。蓟北：泛指征人所在地。
② 飘飘：这里喻动荡不安。
③ 三时：指早、中、晚，犹言整天，与下文"一夜"相对。刁斗：古代军用铜炊具，夜间用以打更报夜。
④ 相看：共见。岂顾勋：哪里想到立功受赏。
⑤ 李将军：指汉守边的名将李广，他与匈奴作战时有勇有谋，身先士卒，与兵同甘共苦，屡立战功。

第三段八句写战败被围，战士和思妇重逢无期的悲凉，实际是对统帅极深的谴责。边关旷远，绝地苍茫，战云密布，寒气袭人。这不能不让人追寻把战士、思妇置于这样处境的根本原因，从而深化主题。

第四段四句写战士以身殉国的悲壮和诗人的感慨。战士视死如归，不惧血染白刃、为国牺牲不计功名，多么勇敢，却又多可悲，这样优秀的战士竟没有遇上爱兵惜兵的飞将军李广呢！

全诗二十八句，写出了一次战役的全过程，多用对比手法，只摆事实，不轻易下结论，艺术效果十分强烈。

这一首歌行有很多的律诗特点，如：

一、篇中各句基本上都是律句，或准律句（即仄仄平平仄平仄）。

二、基本上依照粘对的规则，特别是出句和对句的平仄完全是对立的。

三、基本上四句一换韵，每段都像一首平韵绝句或仄韵绝句；其中有一韵是八句的，像仄韵律诗。

四、仄声韵与平声韵完全是交替的。

五、韵部完全依照韵书，不用通韵。

六、大量地运用对仗，而且多数是工对。

总之，相对于律诗来说，歌行体是大大的自由了，平仄、粘对、韵律、对仗都讲究一些，但又带有随意性，率性而为，酣畅淋漓。

叁　避忌

戴着镣铐跳舞

失粘与失对

• • • • •

何为粘对？对，就是一联中两句平仄相对。粘，就是平粘平，仄粘仄；后联出句第二字的平仄要跟前联对句第二字相一致。具体说来，要使第三句跟第二句相粘，第五句跟第四句相粘，第七句跟第六句相粘。上文所述的五律平仄格式和七律平仄格式，都是合乎这个规则的。试看下所引李商隐的《赠别前蔚州契苾使君》，第二句"世"字仄声，第三句"卷"字跟着也是仄声；第四句"飞"字平声，第五句"儿"字跟着也是平声；第六句"女"字仄声，第七句"晚"字跟着也是仄声。可见粘对的规则是很严格的。

首联出句：平平仄仄仄平平　　何年部落到阴陵
首联对句：仄仄平平仄仄平　　奕世勤王国史称
颔联粘出：仄仄平平平仄仄　　夜卷牙旗千帐雪
颔联对出：平平仄仄仄平平　　朝飞羽骑一河冰
颈联粘出：平平仄仄平平仄　　蕃儿襁负来青冢

颈联对出：仄仄平平仄仄平　狄女壶浆出白登
尾联粘出：仄仄平平平仄仄　日晚鹏鹕泉畔猎
尾联对出：平平仄仄仄平平　路人遥识郐都鹰

　　粘对的作用，是使声调多样化。如果不"对"，上下两句的平仄就雷同了；如果不"粘"，前后两联的平仄又雷同了。这样的弊病叫作失粘与失对，是诗家的"不敢越雷池"的大忌。

孤　平

　　孤平是指在五言"平平仄仄平"这个句型中，除了韵脚之外，只剩一个平声字了。（亦即第一字必须用平声：如果用了仄声字，就是犯了孤平。）七言是五言的扩展，所以在"仄仄平平仄仄平"这个句型中，第三字如果用了仄声，也叫犯孤平。这当然是作者在对"一三五不论"片面的理解下产生的错误，是格律诗（包括长律、律绝）的大忌。因为在唐人的律诗中，绝对没有孤平的句子。所以诗人们在写格律诗的时候，应注意避免孤平。在词曲中用到同类句子的时候，也应注意避免孤平。

　　需要注意的是，犯孤平只有平脚的句子才会发生。仄脚的句子即使只有一个平声字，也不算犯孤平。如李白《宿五松山下荀媪家》："我宿五松下"，只算拗句，不算孤平。又指的是"平平仄仄平"这个格式，至于像孟浩然《临洞庭上张丞相》"八月湖水平"，那也是另一种拗句，不是孤平。

　　如因创作的实际需要，在"平平仄仄平"这一格式中，第一字不得不为仄声，那就要"孤平拗救"。就是指必须要将第三字调整为平声，以避免孤平。上面所举李白《宿五松山下荀媪家》就是如此。对于七言律句"仄仄平平仄仄平"，若是第三字用了仄声，则必须将第五字调整为平声，如：

例诗 **回乡偶书**

〔唐〕贺知章

少小离家老大回，乡音未改鬓毛衰①。
儿童相见不相识，笑问客从何处来。

本诗是诗人年老（八十六岁）还乡后所作，从反面写久客伤老之情。

一个多年客居他乡的游子回到了故土，离家时青春年少，风华正茂，归来已变成华发稀疏的耄耋老人。几十年的岁月就在"少小"与"老大"之间倏忽而过，不由得让人伤感唏嘘；离家乡多年却"乡音未改"，暗寓故土难忘，我们仿佛看见一个容颜上写满沧桑的老人感慨万千地走在回乡的路上。接下来，诗人并没有写感慨的具体内容，而是将笔宕开，撷取了非常平常的一个生活片断——儿童看见陌生的面孔，好奇地问："客人，你从哪里来？"儿童的提问出乎自然，合情合理，诗人听来却颇为诧异，这是我的故乡呵！诧异中有可笑，可笑中有对时光流逝的深深无奈，诗歌在此处戛然而止。一生多少起

---

①衰（cuī）：稀疏之意，一作"摧"。

伏曲折，多少世事沧桑，都付与小孩天真烂漫的一问中，确实是意味深长。

　　这首诗给人妙手天成之感。生动逼真的生活场景，朴实无华的文字，自然流淌的感情，浑然一体。诗人对岁月的流逝，伤感却不消沉，无奈中有诙谐，表现出一种人生的睿智。

　　这首诗第四句应是"仄仄平平仄仄平"的格式，第三字"客"用了仄声，于是第五字"何"调整为平声，救第三字"客"，这就叫做"孤平拗救"。

"句末三连平"以及"句末三连仄"

　　"句末三连平"又称"三平尾""尾三平""犯三平""三平调""三平脚",指诗句末尾三字都是平声。在近体诗中,倘若五言仄起平收(仄仄仄平平)句式的第三字、七言诗平起平收(平平仄仄仄平平)句式的第五字之仄声被改为平声,使末尾三字俱平,就违反了平仄规则,作者应尽量避免。

　　唐人格律诗中三平尾颇为罕见,但也不是如犯孤平那样断不容发生的大忌。如杜甫《释闷》:"四海十年不解兵,犬戎也复临咸京。"李商隐《锦瑟》首联:"锦瑟无端五十弦,一弦一柱思华年。"都有"句末三连平"的情况,且都是名诗名句。不过学诗者还是尽量勿以为法,作格律诗要避免三平尾。

　　"句末三连仄"又称"三仄尾",是指一句诗最后三个字都是仄声。不过,"三仄尾"的律诗作品在唐诗中实在太多,例如王湾《次北固山下》:"潮平<u>两岸阔</u>,风正一帆悬。"沈佺期《古意呈补阙乔之》:"谁为含愁独不见,更教明月照流黄。"崔颢《送单于裴都护赴西河》:"单于<u>莫近塞</u>,都护欲

76

临边。"王维《送梓州李使君》："山中一夜雨，树杪百重泉。"李山甫《寒食》："有时三点两点雨，到处十枝五枝花。"以上出句都是三仄尾。因此，我以为就诗律而言，"句末三连仄"不过小疵而已，算不上出律，初学者更不必举步维艰地刻意避免，以致以辞害意，自设樊篱。

肆 填词

凄婉动听的文字艺术

词律的概念

····

　　词的起源和乐府诗一样，是与音乐分不开的，故亦称为"曲词"或"曲子词"。后来词也跟乐府一样，逐渐跟音乐分离了，成为诗的别体，所以有人把词称为"诗馀"。诗的产生早于词，文人的词深受律诗的影响，所以词中的律句特别多。

　　词依篇幅大致可分三类：（1）小令；（2）中调；（3）长调。一般认为：五十八字以内为小令，五十九字至九十字为中调，九十一字以外为长调。长调的特点，除了字数较多以外，就是一般用韵较疏。词是长短句，但是全篇的字数是有一定的，每句的平仄也是有一定的，押韵的位置也多种多样，如此一来，我们写词就不能信步由缰，而必须按词谱去写，叫做填词。

1. 词牌

　　词牌，就是词的格式的名称。每个词牌有一个词谱，也有一个词牌有两个或几个词谱的。词牌是词调的名称，而不是词的题目，词牌可以就当作词的题目，但不能说词牌就是词的题目。但是，绝大多数的词都不是用"本意"的，因此，词牌之外还有词题。一般是在词牌下面用较小的字注出词题。在这种情况下，词题和词牌不发生任何关系。撇开词牌的来源不论，一首《蝶恋花》，可以完全不讲到蝶，也不讲到花；一首《渔家傲》也可以完全与渔家无涉。这样，词牌只不过是词谱的代号罢了。

2. 单调、双调、三叠、四叠

词有单调、双调、三叠、四叠的分别。

单调的词只有一段，往往就是一首小令。例如白居易的《忆江南》：

> 江南好，风景旧曾谙。日出江花红胜火，春来江水绿如蓝。能不忆江南？

双调的词分两段，有的是小令，有的是中调或长调。这两段词称前后两阕或上下两片。两阕的字数相等或基本上相等，平仄也同。一般是开头的两三句字数不同或平仄不同，叫做"换头"。之所以如此，大概溯源于乐曲的演奏了。双调是词中最常见的形式，像辛弃疾的《鹧鸪天》：

> 壮岁旌旗拥万夫。锦襜突骑渡江初。燕兵夜娖银胡禄

（左革右录），汉箭朝飞金仆姑。　　　追往事，叹今吾。春风不染白髭须。却将万字平戎策，换得东家种树书。

有的词牌像《踏莎行》《渔家傲》，前后两阕字数完全相等。其他各词，前后阕字数基本上相同。

三叠就是三阕，四叠就是四阕。三叠、四叠的词很少见，而且初学者不便使用，这里就不赘述了。

3. 词韵

词韵较诗韵为宽，最权威的是戈载的《词林正韵》。戈氏系将平水韵大致合并，取前代著名词人名作参酌，确定可"通用"之韵部从而合并之，成十九部。他的归纳基本符合唐宋以来词体文学创作实际，因而受到学者和词家普遍认可。此书遂成为公认的词韵工具书，因而也是填词者的必备宝典。龙榆生《唐宋词格律》将戈氏《词林正韵》选出常用八千余字，名曰《词林正韵简编》，精要实用，为世所推重。我们就将其附录书后，以备读者检索。

词谱与填词
·····

　　词谱是词的格式要求，每种词牌除都有特定的曲调以外，还有规定其文句、字数及平仄的特定的词谱。写词又称填词，就是按照词谱的要求填入文字，所以写词必然要依靠词谱。

　　历来词谱很多，以万树《词律》与舒梦兰《白香词谱》为最著。清万树《词律》二十卷，收唐、宋、元词六百六十调，一千一百八十余体，校订平仄音韵、句法异同，确定规格，纠正过去流传词谱的错误不少。与《词律》性能、篇幅差不多的还有清初官方制作的《钦定词谱》，卷帙浩繁，诸牌各体大备于是。而《白香词谱》则以简明实用，成为清代中后期应用最为广泛，也被后世最为推崇的词学入门书。《白香词谱》选常见词调一百种（实为九十九调），每调选常用的一体，录词一首，自唐至清代作者共五十九人。所选的词作，大多为思想性和艺术水平都比较高的名作，这也是本书流行的另一重要原因。谱以词长短为序编次，字数从少到多。词旁用黑白圈标注平仄，并有表示句逗的符号。每首词调下，舒梦兰分别加了简明题目。此书最早刊印于乾隆三十一年（1766），出版在《词律》与《钦定词谱》之后，谱中平仄格律当用两书校过。一般读者喜其简便，既可当作词谱用，又可当词选读，因此出版后很快就流行起来。

　　现在很多谈词律的书，介绍词谱时都以平韵、仄韵、混韵分类。我以为不如《白香词谱》按字数多少，依小令、中调和长调排列，那样一目了然，查检方便，于写作便利实用。我们就从《白香词谱》（上海古籍出版社，2011年版）中选择常用词调五十种，包括小令、中调和长调，就用《白香词谱》的原词，将平仄附注于该词字下。○代表可仄，●代表可平。◎代表平韵，△代表仄韵。①②代表不同的平声韵部，意味着换韵；▲ △也是如此，代表不同的仄声韵部，意味着换韵。可平可仄则据《词律》《词谱》折中而定，有时据同词调中句式、字数一致者的作品酌定。每调说明作法，以供学者创作借鉴。作法文字主要采用丁汝明订《白香词谱》，有的地方参酌了龙榆生《唐宋词格律》，不敢掠美，谨此说明。

忆江南 怀旧

[南唐] 李煜

多少恨，昨夜梦魂中。还似旧时游上苑①，车如流水马如
平●仄　●仄仄平◎　○仄●平平仄仄　○平○仄仄平

----

　　① 上苑：古代皇帝的园林。

龙①。花月正春风。

◎　　○仄仄平◎

【赏析】此词系李煜亡国归宋后的作品。词人以《忆江南》这个词调回忆江南旧游，表达对故国繁华的追恋，抒发亡国之痛。

起句提问，开门见山，直抒胸臆。"昨夜梦魂中"道出其怨恨之由，至于怨恨的具体内容，则欲言又止。一、二两句可谓迂回曲折，百态千姿，令人牵肠挂肚。接下来的三句均写梦境，如行云流水，一泻千里，直贯到底，将梦中情景倾泻。臣妃迤逦随行，车马络绎不绝，春光明媚，春花烂漫，春风和煦，白昼不足，又继之以夜。此夜月明如水，花好月圆，其乐无穷。"花月"与"春风"之间，以一"正"字勾连，景之秾丽、情之浓烈，一齐呈现，将梦中上苑之游乐推向最高潮，而词却在此至景至情中戛然而止，让人自去思索玩味那意兴淋漓的背后所隐藏的无限悲怆。

全词通篇不对当前处境作正面描写，而是通过这场昔日繁华生活的梦境进行有力的反托。梦中的情事固然是后主时时眷恋的，但梦醒时分面对残酷的现实，两两相较，情何以堪！正因为"车如流水马如龙，花月正春风"的景象已一去不复返，所以梦境越是繁华热闹，梦醒后的悲哀就越是浓重，才会不知有"多少恨"。

---

①"车如"句：语本《后汉书·马皇后纪》："车如流水，马如游龙。"极言排场大，车马众多。

【作法】《忆江南》又名《梦江南》《望江梅》《望江南》《谢秋娘》《江南好》《安阳好》等。词名始自唐李德裕镇浙日，为亡妓谢秋娘所作，本名《谢秋娘》。后因唐人白居易用此调作词三首，其第一首末句为"能不忆江南"，遂改名为《忆江南》。到宋代，常有将两首《忆江南》分成上下阕成一双调词者。单阕《忆江南》二十七字，五句，三平韵。首句第二字虽然可平可仄。但以用仄为宜。若第二字用仄，则第二句的第一字用平为宜。如唐刘禹锡"春去（仄）也，多（平）谢洛城人"；敦煌曲子"天上（仄）月，遥（平）望一团银"。又，第三、第四句多用对偶句格，类似平起七律中的第二联。

捣练子 秋闺

［南唐］李煜

深院静，小庭空，断续寒砧①断续风。无奈夜长人不寐，
平仄仄　仄平◎　仄仄平平　仄仄◎　〇仄仄平平仄仄

数声和月到帘栊②。
仄平平仄仄平◎

【赏析】这是一首伤秋的小令。这首词的词牌因其内容以捣练为题材而得名。

---

① 寒砧（zhēn）：指秋寒夜中的捣衣声。砧，捣衣石。古代风俗，秋风吹起，家人捣练帛为他乡游子准备寒衣。

② 帘栊：挂有帘子的窗户。

起首两句"深院静，小庭空"，渲染出景物环境。"静"和"空"分别诉诸听觉和视觉，营造出幽静寂寥、空虚冷漠的环境，看似状景，实际是主人公内心世界的写照。第三句是整首词的核心。造句遣词十分生动，因为风力时强时弱、时有时无，才使得砧声若断若续，这就把一种诉诸听觉的沉闷静态写活了。接下写不寐人心潮难平，思绪纷乱。结句写得很朴素，洗尽铅华，用单调的砧声和清朗的月光唤起读者对一个孤独无眠者的惆怅和同情。

这首小令的创作意旨当然难以窥探，但通过描绘深院小庭夜深人静时断续传来的风声、捣衣声，以及映照着帘栊的月色，刻意营造出一种幽怨欲绝的意境，让人不觉沉浸其中，去感受长夜不寐者的悠悠情怀。

【作法】《捣练子》，又名《深院月》《夜如年》《杵声齐》《捣练子令》等。词牌得名，始于李煜此词。内容多写思妇怀念征夫。二十七字，五句，三平韵。首两句多作对仗，且为上二下一句法。第三、四、五句似平起七绝的第二、三、四句；虽说每句第一、第三字平仄可不论，但万树《词律》规定较严。此词下所标平仄，即以《词律》为准。

忆王孙 春词

［宋］李重元

萋萋①芳草忆王孙，柳外楼高空断魂。杜宇②声声不忍
〇平 〇仄仄平◎ ●仄平平〇仄◎ ●仄 平平●仄
闻。欲黄昏，雨打梨花深闭门。
◎ 仄平◎ ●仄平平〇仄◎

【赏析】李重元有四首《忆王孙》，分别以春夏秋冬四季为题，这是其中的第一首。这首词借春景来表现闺中女子怀人。"萋萋芳草"句化用《楚辞·招隐士》句意，点明主题。王孙，这里是指游子。接下来一句交代了地点，在小楼中独居。正是春日，芳草萋萋、杨柳成荫，最能勾起怀春女子的感伤情怀。因为杨柳依依，既引动对于折柳赠别时的忆念，而渐深的柳色又让人想到青春的流走。"空断魂"，既是孤寂的伤感，又是失望的哀叹。这就已经足够让这名女子心碎肠断的了，而此时杜鹃的啼叫送来了又一重深重的哀愁。于是这名女子回到房间之内。天色已是黄昏，雨点打在梨花上，她却紧闭房门，独自哀愁。整首词虽然短小，但意象运用纯熟，抒情浓烈但有节制，是一篇难得的佳作。

【作法】《忆王孙》，又名《忆君王》《豆叶黄》《阑干万里心》《怨王孙》《画蛾眉》等。词牌名即由此词而得。

---

① 萋萋：草茂盛的样子。
② 杜宇：即杜鹃，又名子规。相传是古代蜀国望帝死后所化，叫声哀伤，常啼出血来；其叫声似说"不如归去"，多引起旅人的思乡之情。

三十一字，五句，五平韵。第四句第一字用去声为宜。第二、第三、第五句的第五字一般宜用平。

调笑令 宫词

[唐] 王建

团扇①，团扇，美人并来遮面②。玉颜憔悴三年，谁复商
平△　　平△　仄○仄平平△　　仄平平仄平◎　平仄平
量管弦。弦管，弦管，春草昭阳③路断。
平仄◎　平△　平△　平仄平平　仄△

【赏析】此调亦即《宫中调笑》，又称《转应曲》，本篇描写了封建帝王后宫宫女红颜未老恩先断而被抛弃的悲惨命运。

开端两句，以咏扇起兴，绘出一幅宫中仕女图。当年女主人公有着出众的才貌，团扇开合，轻歌曼舞，曾受过皇帝宠幸。"玉颜憔悴"一句转折，后两句展开道出女主人公的不幸命运。女主人公因病色衰而困处冷宫，再无人与之商量歌舞之事。结尾点明宫怨之意。"弦管"两字复沓，极有助于意境的深化和词意的丰富，更似悲从中来，深恨之情溢于言表。由此带出末句。"昭阳路断"即君恩已绝，何来琴瑟和谐？不可避免的结局终于到来，情态由凄凉跌入迷惘，余怨无尽。

---

① 团扇：一种有柄的圆形纨扇。

② 并来遮面：一种舞蹈动作，演员用两把团扇交并，用来遮脸。并，一作"病"，则另是一种理解。

③ 昭阳：汉殿名，汉成帝时宠妃赵飞燕、赵合德姐妹所居。此处借指美人居所。

又，古时有用团扇喻女子的命运。要用时，"出入君怀袖，动摇微风发"，轻怜重惜。秋风飒至，则"弃捐箧笥中，恩情中道绝"了。这就是此词以团扇起兴的由来。

【作法】《调笑令》，又名《三台令》《转应曲》《宫中调笑》等。白居易《代书诗一百韵寄微之》"打嫌调笑易"下自注云："抛打曲有《调笑令》。"其来历如此。三十二字，四仄韵，二平韵，二叠句叠韵。第二处的叠韵，必须是上句（六言）最末两字倒转，写作此词故有一定的难度；此词又名《转应曲》，就是因此而得。此调的平仄、用韵在唐五代时尚未固定，形式多样。如这首词前后两处叶同一仄韵，而有的词就叶不同的仄韵，今再举两首例如下（字下一概不注可平可仄）：

调啸词

［唐］韦应物

河汉①，河汉，晓挂秋城漫漫②。愁人起望相思，江南塞
平△　平△　仄仄平平仄△　平平仄仄平◎　平平仄
北别离。离别，离别，河汉虽同路绝。
仄仄◎　平△　平△　平仄平平仄△

【赏析】这首词是江南塞北的征夫思妇之曲，与白居易

---

① 河汉：即银河。
② 漫漫：无边无际貌。

《望月有感》"共看明月应怜泪，一夜乡心五处同"同一创作机杼。末云"路绝"，表达了两地的日夜离情，托想甚高。

转应曲

[唐] 戴叔伦

边草^①，边草，边草尽来兵老。山北山南^②雪晴，千里万
平△　　平△　　平仄仄平平△　平仄平平　仄◎　平仄仄
里月明。明月，明月，芦笳^③一声愁绝。
仄仄◎　平△　平△　平平　仄平平△

【赏析】这是作者仅存的一首词，也是唐代以词描写边塞
争战中较早而尤胜者，深刻地反映了边地戍卒的思想情绪，真
实地揭示了中唐时代民间百姓以戍边为苦的社会心理。

开端以"边草"点明边塞的地理环境，并以"草"衬
"兵"，以"尽"喻"老"，不仅用笔新颖，而且借以反映长
期戍边生活的愁怨，暗寓作者对当时戍卒的同情。

后两句运用回环的句式，让征人的眼光在"山南山北"的
雪原上往复探寻，让征人的思想随着遍照的月光，流驶到"千
里万里"以外的故乡明月，从而进一步抒写了征人的思归之
苦。乐景哀情，相反相成。由此一种郁结、压抑而又无法排遣
的思乡之情，充溢于字里行间。在词的结尾用"愁绝"二字加

① 边草：指边塞之草。
② 山北山南：唐人边塞之作提到"山北山南"，大多指祁连山。
③ 胡笳：古乐器名。汉唐时流行于塞外和西域一带，声调激越凄清。

以概括，起到了画龙点睛、卒章见志、揭示主题的作用。

《调笑令》尽管属于单调小令，字数很少，但借助于回环、复沓的句式，从而使得全词精警含蓄、音调宛转，读来确有一种行云流水般音韵美的感觉。这里 ⧍ ▵ 代表不同的仄声韵部，平仄出入也较大。

<h2 style="text-align:center">如梦令 <small>春景</small></h2>

［宋］秦观

莺嘴啄花红溜，燕尾点波绿皱。指冷玉笙寒^①，吹彻小
○仄●平平▲　●仄●平●△　●仄仄平平　○仄仄

梅春透^②。依旧，依旧，人与绿杨俱瘦。
平平△　平△　平△　○仄仄平平△

【赏析】该词作者一说为黄庭坚，元至正本《草堂诗馀》作无名氏词。这首词主要写一个吹笙人在春日中的寂寂心情。前两句描写美丽的春日风光；黄莺用嘴啄弄花瓣，使得花瓣静静滑落；轻灵的燕子用剪刀一般的尾翼轻点水面，使湖面泛起层层绿波。这是轻柔美丽的春日风光。作者深谙用乐景写哀情之妙，这位吹笙人孤独地将《小梅花》曲从头到尾吹遍，直至笙的簧片都已经湿润，可是依然没有人来听。在这大好的春光

---

① 玉笙：玉笙是对笙的美称，笙吹久了，簧片会变得湿润，因此说"寒"，需要用微火烘干才能合律。

② 吹彻：彻，是大曲的最后一段；吹彻意为吹到最后一曲。小梅：乐曲名。唐《大角曲》里面有《大梅花》《小梅花》等曲。

之中，吹笙人还如从前一样寂寞哀愁。吹笙人究竟为何而愁，词中没有提到，读者有广阔的想象空间。只有这位寂寞的吹笙人因为哀愁而形容憔悴，腰肢瘦损，变得像那湖边的瘦柳一样了。

【作法】《如梦令》原名《忆仙姿》，五代时后唐庄宗创作。后苏轼改为《如梦令》，盖后唐庄宗词内有"如梦，如梦"叠句之故又名《宴桃源》《比梅》。三十三字，五仄韵，一叠句叠韵。全词由六言句及叠句组成。其六言句虽然第一、三、五字可平可仄，但总以"平仄仄平平仄"格式为宜，尤其是最后一句。像此词第二句只有一个平声字，这情况在唐五代、宋词中是少见的，不宜仿效。

长相思 别情

[唐] 白居易

汴水①流，泗水②流，流到瓜洲③古渡头。吴山④点点愁。

●● ◎ ●● ◎ ○仄平平 ●仄◎ ○平 ●仄◎

思悠悠，恨悠悠，恨到归时方始休。月明人倚楼。

●○◎ ●○◎ ●仄平平○仄◎ ●平○仄◎

【赏析】此词是抒发"闺怨"的千古名篇，构思新颖奇

---

① 汴水：即汴河，隋炀帝时开凿，今已湮废。
② 泗水：源出山东，至徐州与汴水汇合。
③ 瓜洲：运河与长江交汇处的古渡口，在今江苏扬州邗江南。
④ 吴山：泛指吴地一带群山。

巧。它写一位女子在月夜独倚高楼，想念着远在江南的爱人，思极转恨的离情别绪。

上阕全是写景，暗寓恋情。表面是汴水、泗水不断流淌，直至瓜洲古渡，又及她冥想中那江南一峰连一峰的绵延群山，其实贯注了思妇眼中爱人越去越远，终于杳无音信的整个过程，而水的不断流淌也带走了她的思念。因为她的夫君在遥远的江南一带，所以那点点吴山仿佛堆砌着愁容。上阕点睛之笔乃一"愁"字，使词意陡然发生了巨大变化，从而点醒全词。

下阕直抒胸臆，表达少妇对丈夫长期不归的怨恨。"悠悠"二字，指绵延无穷，意接流水，写女主人公思随流水。"思"极而"恨"，思无穷，恨也无穷。由此可知，其思念之深、等待之久。不过，此词写生离，恨是"怨恨"而不是"仇恨"，故归即无恨，所以"恨到归时方始休"。此句合情合理，恨中有爱，朴实自然，不假藻饰，却深刻有味，情真意切。末句"月明人倚楼"，哪一天才能月团圆，人团圆，人月双圆，倚楼共对呢？这个匠心独运的结句是画景也是情语，极富意境，令人怅然长叹，低回久之，起到了深化人物形象和突出作品主题的作用。

【作法】《长相思》，又名《双红豆》《忆多娇》《吴山青》《相思令》《山渐青》等。双调三十六字，上下片各三平韵，一叠韵。此调平仄格律虽然多处可平可仄，但上下片的第一、二句（三字句）均宜用"仄平平"的格式，不允许出现三平（本篇"思"字作仄读［寘韵］）。上下片的最后一句（五字句）均宜用"仄平平仄平"的格式。

诗词之美

相见欢 秋闺

[南唐] 李煜

无言独上西楼，月如钩。寂寞梧桐深院锁清秋①。
〇平●仄平◎　仄平◎　●仄〇平平仄仄平◎

剪不断，理还乱，是离愁。别是一般滋味在心头。
●●△　●平△　仄平◎　●仄●平平仄仄平◎

【赏析】李煜亡国后，囚居在汴京的一座深院小楼。这首词正是抒发了他深切的故国之思、亡国之恨，沉挚浑厚，感人肺腑。

上阕写悲秋。起句意蕴极为丰富。"无言"二字绘出了词人无人共语、孤寂无欢的惨淡愁容，更传出了其内心痛苦无人与说，也不愿与人说，说也无用的浓重愁情。再接以"独上"，则词人形影相吊之状可以想见，所谓"六字之中，已摄尽凄婉之神"（俞平伯《读词偶得》）。二三两句状景，由于身处西楼，则一为仰视，一为俯视。月是残月，象征着人事的缺憾；院则是寂寞清秋，似乎所有的萧瑟秋意都集中浓缩而"锁"在词人所处的深院之中。这些当然是词人的心境使然，带有浓重的主观感情色彩。一个"锁"字，在生动状景的同时，又暗点词人处境，可谓高度凝练，境界全出。

下阕直抒离愁。"剪不断"三句巧用比喻将原本无可名

---

① 梧桐句：入秋梧桐落叶最早，谚云："梧桐一叶落，天下尽知秋。"清秋：凄清的秋色。

状的愁情写得具体可感，以有形喻无形，堪称千古妙笔。结句虚写，用的却是大实话。历来诗词写离愁别恨不乏佳句。或写愁之深，如李白《远别离》："海水直下万里深，谁人不言此离苦。"或写愁之长，如李白《秋浦歌》："白发三千丈，缘愁似个长。"或写愁之重，如李清照《武陵春》："只恐双溪舴艋舟，载不动许多愁。"或写愁之多，如秦观《千秋岁》："春去也，飞红万点愁如海。"或写愁之色，如李白《菩萨蛮》："平林漠漠烟如织，寒山一带伤心碧"。这首词则写出了愁之味："别是一般滋味在心头。"独特而真切，可谓味在咸酸之外，但植根于人心之中，是心之深处才可感受的滋味。刘永济更认为"盖亡国君之滋味，实尽人世悲苦之滋味无可与比者，故曰'别是一般'"。

全词章法和句法都很简单，无意雕饰，纯以白描见长，善于用平常、朴素面又富于表现力的语言，表现出深刻而真挚的思想感情。

【作法】《相见欢》，又名《乌夜啼》《上西楼》《秋夜月》《忆真妃》等。双调三十六字，上片三平韵，下片二仄韵，二平韵。全词五平韵用同一韵部。下片首两句三字句均以"仄平仄"为宜。上下片两结为九字句。《词律》将它分作六字、三字两句；有人主张宜于第二字处略逗，也有人主张在第四字处作逗。似不必强作规定。

生查子 元夕

[宋] 欧阳修

去年元夜①时，花市②灯如昼。月上柳梢头，人约黄昏后。
●平○仄 平 ○仄 平平△ ●仄仄平平 ○仄平平△

今年元夜时，月与灯依旧。不见去年人，泪湿春衫袖。
○平○仄平 ●仄平平△ ●仄仄平平 ●仄平平△

【赏析】此词一题为朱淑真所作。南宋初曾慥所编《乐府雅词》将此词列为欧阳修词。这首小词叙写了主人公在元夜观灯时引起的回忆和感想。通过今与昔、闹与静、悲与欢的多层次的强烈对比，一层深似一层地表现出主人公感伤的情怀。

上阕写主人公甜蜜的回忆。起两句交代了与情人约会的时间和地点。"月上柳梢头，人约黄昏后"两句旖旎温馨，进一步交代了约会的具体时刻。圆月与柳丝相映创造的幽境，为约会增添了绵绵情意，言有尽而意无穷。"人约黄昏后"的甜情蜜意也溢于言表，令人浮想联翩。下阕写主人公凄凉的现实。前两句由"依旧"二字点明今年闹市佳节良宵的一切景物都与去年相同，景物依旧，而去年的情人已不在身旁，空余只身孤影。抚今思昔，触景伤怀，此情此景，怎不教人感伤怅惘而"泪湿春衫袖"了。

全词构思巧妙。上、下阕文义并列，调式相同，基本重

① 元夜：农历正月十五日夜，即元宵夜。自唐代开始于元夜张灯，民间有观灯的风俗，故又叫"灯节"。
② 花市：卖花、赏花的集市。

98

叠，颇类歌曲回旋咏叹之致，有增强表情达意之功。同时，这首《生查子》吸收了民歌明快、浅切、自然的风格，语言明白如话，内容情事几乎一目了然，情调却又清丽深婉，隽永含蓄，耐人寻味。

【作法】《生查子》，本名《生楂子》。双调，四十字。上下片各两仄韵。词多抒写抑郁之情。此调上下片首句欧词作"●平平仄平"，而较多作者则作"●仄●平平"。

点绛唇 闺情

［元］曾允元

一夜东风，枕边吹散愁多少。数声啼鸟，梦转纱窗晓。
●仄平平　●平○仄平平△　仄平平△　●平平平△
来是春初，去是春将老。长亭①道，一般芳草，只有归时好。
○仄平平　●仄平平△　平○△　仄平平△　●仄平平△

【赏析】以闺情为题，细致描摹了少女的情感世界。一夜东风将春天带来，也在少女的身侧吹散开怀春的哀愁与怅惘。伴随着几声春鸟的啼叫，纱窗之外已经天亮了。古人常以禽鸟衬托爱情，以梦抒写幽情，此处的"啼鸟"和"梦转"也是这个意思。怀春的哀愁与惆怅伴随着这位少女，从初春时节一直到春光消尽。长亭是分别之地，这里的"长亭"应指怀春

① 长亭：古人在驿路边设亭供旅人休息，十里一长亭，五里一短亭。后来"长亭"成为了送别地的代名词。

少女与自己所爱的人的分别地。最后的"只有归时好"，直率真挚，与上片的情绪照应。这首词虽然短小，但是用语清新婉丽，构思新奇巧妙，也是一首广为流传的词作。"一夜东风，枕边吹散愁多少"，闺情之愁显得形象而动感。下阕数句将闺情愁绪拟人化，其构思与手法之高妙，直追两宋，令人叹服。

【作法】《点绛唇》，又名《南浦月》《沙头雨》《点樱桃》。双调四十一字，共七仄韵。上片第八字，有暗增一韵者。第二句（七字句）的第一字，第三句（四字句）的第一字一般多用去声。

菩萨蛮 闺情

[唐] 李白

平林漠漠烟如织①，寒山一带②伤心碧。暝色③入高楼，有
〇平●仄平平△　〇平●仄 平平△　●仄 平平①　●

人楼上愁。　　玉阶④空伫立，宿鸟归飞急。何处是归程，
平平仄①　　　●平 平仄△　●仄平平△　〇仄仄平②

长亭连短亭⑤。
〇平平仄②

---

① 平林：树林远望如平。漠漠：迷蒙貌。

② 一带：秋山远望似带。

③ 暝色：暮色。

④ 玉阶：阶石的美称。

⑤ 长亭、短亭：古官道上，十里一长亭，五里一短亭，供行人休息。

【赏析】这是一首望远怀乡之作。上阕前两句是楼头远望所见，平林笼烟，寒山凝碧，妙用词的色彩，传达出一种寂寞惆怅的情绪，起到笼罩全篇的作用。后两句为全篇中峰。一个"入"字巧妙地使整个画面波动起来，景物由远及近，主人公内心感受在不断深化。至"愁"字，由物到人的过渡便完成了，同时承上启下，自然过渡到下阕。

下阕起句中的"玉阶"，代言驿楼。楼上纵目，触景生情。"宿鸟归飞急"一句插得很精妙。鸟归人不归，一方面反衬出人的落魄无依；另一方面，惹起无限愁思。因而自然道出了"何处是归程？"然而"长亭更短亭"，没有一个实在的答案，并借此将愁思远展开去。

这首词上阕着重客观景物的渲染，下阕偏于主观心理的描绘。然而景物的渲染中带有浓厚的主观色彩，主观心理的描绘又糅合在客观景物之中。短短一首词中，展示了丰富而复杂的内心活动，反映了词人在旅途中找不到人生归宿的怅惘愁绪。

【作法】《菩萨蛮》，又名《重叠金》《子夜歌》《巫山一片云》等。苏鹗《杜阳杂编》："大中初，女蛮国入贡。危髻金冠，璎珞被体，号菩萨蛮队。当时倡优遂制《菩萨蛮》曲，文士亦往往声其词。"则该曲原系异域传入。后成为唐五代文人使用最多的词牌。双调，四十四字，每两句一转韵，共四仄韵，四平韵。温庭筠作《菩萨蛮》今存十五首，其中十四首的首句为"仄平平仄平平仄"，第四句为"仄平平仄平"，而且此二句的首字大多用去声。

卜算子 别意

[宋]王观

水是眼波横，山是眉峰聚。欲问行人去那边，眉眼盈盈处。
●仄仄平平　○仄平平△　●仄平平仄仄平　○平平△

才是送春归，又送君归去。若到江南赶上春，千万和春住。
○仄仄平平　●仄平平△　●仄平平仄仄平　○仄平平△

【赏析】这是一首很有特点的送别之词。王观的词集《冠柳集》中在此词题下有"送鲍浩然之浙东"语。鲍浩然是诗人的朋友，生平不详。浙东，今天的浙江东南地区，宋代时属浙江东路。南朝人吴均在《与宋元思书》中描述这一带："自富阳至桐庐，一百许里，奇山异水，天下独绝。水皆缥碧，千丈见底……夹岸高山，皆生寒树，负势竞上，互相轩邈。"可见这一带的风景是非常秀丽的。

　　首两句写友人归途的山水。我国古代形容美人的时候，常常称其为"眼似秋水，眉若春山"；作者则用反喻，说水如美人眼波流转、山似美人眉黛聚簇，让人感到非常新鲜。接下来写所送之人欲归哪边，却是眉眼盈盈之处，更是让人觉得美丽而鲜活。下片前两句点明送别的季节，最后不无风趣地嘱咐友人到了江南以后，一定要把那里的春色尽情欣赏。有一说法是词中所送的友人回浙东看望他美丽的小妾，这当然是可能的。由上片的"眉眼盈盈处"似乎也可推测得知。这样一来，整首词的美人眉眼和山水春色都成了相互交映的双关之语。美人与美景奇幻的组合，还有友人送别时的风趣调侃，使得这首小词平添出许多艺术魅力。

【作法】《卜算子》，又名《百尺楼》《眉峰碧》《缺月挂疏桐》等，都是据名家用此调所作词的字句改名。北宋时盛行此曲，万树《词律》认为取义于"卖卜算命之人也"。双调小令。四十四字，四仄韵。有四十六字者，于上下片结句各加一字，变五字句为六字句，于第三字处作逗。如杜安世所作，上片结句为"又别是、愁情味"，下片结句为"细认取、斑点泪"。

减字木兰花 春情

[宋] 王安国

画桥流水，雨湿落红飞不起。月破黄昏，帘里余香马上闻。
●平○△　●仄●平平仄△　●仄平①　○仄平平●仄①
徘徊不语，今夜梦魂何处去。不似垂杨，犹解飞花入洞房①。
○平●△　○仄●平平仄②　●仄平②　○仄平平●仄②

【赏析】这首词写的是词人偶遇一位女子之后的春情思念，是单恋者的呓语。

对于春天的热爱和爱情的敏感，几乎是所有诗人的共同气质。花落花开，聚散离合，总能引起他们内心的一番波澜。上片以景带情，写偶遇的场景：画一般的小桥流水；因为雨水沾

_____

① 洞房：幽深的房间。

湿了花瓣，使得东风也无力吹起。月上柳梢头，词人骑着马踏着黄昏归来，偶遇一辆油壁香车。车的帘子里发出阵阵清香，这是车内美人的脂粉之香，也是青春少女的温柔体香。下片直抒胸臆，情中含景。词人为之迷醉销魂，浮想联翩。"今夜梦魂何处去"，是因为词人的心魂已经被那位女子带走了，可是词人却不知道她去了哪里。或者说，词人为这位女子倾倒销魂，可是这位女子很快就消失了，留给词人的只是惆怅思念和无所适从。词人在这种惆怅中信马徘徊，默默无语，只是怨恨自己不能像杨花一样，因为杨花还可以随风飞到那位女子的闺房中与她相见。整首词凄美迷离，结尾处的两句痴语情语，更是想象新奇。

【作法】《减字木兰花》，又名《减兰》《天下乐令》《木兰香》等。较《木兰花》减少十二字（上下片的第一、第三句各减少三字）。双调，四十四字。每两句一转韵，共四仄韵，四平韵。《木兰花》为常用词牌，今附录宋祁词一首于下：

东城渐觉风光好，縠皱波纹迎客棹①。绿杨烟外晓寒轻，

　　○平●仄平平△　　●仄○平平仄△　　●平○仄仄平平

红杏枝头春意闹。浮生长恨欢娱少，肯爱千金轻一笑②。

　　○仄○平平仄△　　○平○仄平平△　　●仄○平平仄△

---

① 縠皱波纹：形容波纹细如皱纹。縠皱：有皱褶的纱。棹：船桨，此代指船。这是古诗文常见的用法。

② 肯爱：岂肯吝惜，即不吝惜。一笑：特指美人之笑。崔骃《七依》诗有"回顾百万，一笑千金"句，此化用其意。

为君持酒劝斜阳，且向花间留晚照。

●平〇仄仄平平　　●仄〇平平仄△

【赏析】本词通过对春光的生动传神的描写，表达了热爱生活、珍惜春天的情感。

上阕为我们描绘了一幅生机勃勃、色彩鲜明的早春图画。首句写春游时的总体感受："风光好"。"渐"字写出了春天的脚步轻轻到来的感觉。"縠皱波纹"以下三句具体描述了"风光好"的景色之美：春水盈盈，碧波荡漾；杨柳依依，轻烟迷离；鲜红的杏花在枝头绽放，透出勃勃生机、浓浓春意。"红杏枝头春意闹"是千古传诵的名句，作者因为写了这首词，被当时人称为"红杏枝头春意闹尚书"。黄蓼园在《蓼园词选》中认为："春意闹三字，尤奇辟。"王国维在《人间词话》中说："'红杏枝头春意闹'，著一'闹'字，而境界全出。"

下阕感叹春光有限、人生苦短。"浮生"两句以一个反诘句表达珍惜欢乐时光和美人一笑的惜春之情。末尾"为君持酒"两句奇妙地将此情以奉劝斜阳"且向花间留晚照"，含蓄精警，意味深长。

忆秦娥 秋思

［唐］李白

箫声咽^①，秦娥^②梦断秦楼月。秦楼月，年年柳色，灞陵^③
〇〇△　　〇平　●仄平平△　平平△　〇平●△　仄平

伤别。
平△

乐游原^④上清秋节，咸阳古道^⑤音尘绝。音尘绝，西风残
●平〇　仄平平△　〇平●仄　平平△　平平△　〇平〇

照^⑥，汉家陵阙^⑦。
△　　仄平平△

【赏析】这是一首闺怨词，给人的感觉却气象萧森，声情
悲壮。上阕写离情。呜咽的箫声把秦娥从梦中惊醒，一钩残月
斜映在窗前，冰冷的残月令她黯然销魂、顾影自怜。年年柳色
青青，却不见伊人归来。"咽"字，传尽了箫的神韵；"断"
字，演绎了忽然惊觉的意态。

下阕咏秋望。过渡到历史的忧愁，出现了较大的跌宕。
作者撇开先前的主人公，直接把自身融入画面中，以表达个人

---

①咽：咽泣。
②娥：女子美称，秦娥即秦川女子。
③灞陵：汉文帝刘恒陵墓，在长安（今陕西西安）东，为唐人送别处。
④乐游原：在长安南郊，登临胜地。
⑤咸阳古道：由长安经古都咸阳（长安附近）通向西北之道。
⑥残照：落日余晖。
⑦陵阙：犹言陵墓，阙为墓道前两侧的石牌坊。

强烈的苦思与追求。古道悠悠，音尘杳然，繁华、奢靡……全都灰飞烟灭，只剩下萧瑟的西风、如血的残阳相伴着古代的陵墓。作者托秦娥写怀，把直观的感情与景色浑融在一起，进入了历史的反思。"西风残照，汉家陵阙"造成了一种悲壮沉痛的历史消亡感，填塞在读者的心头。

这篇千古绝唱，句句自然，字字锤炼，沉声切响，掷地有声，而抑扬顿挫，法度森然，无一字荒率空浮，无一处逞才使气。词境于清丽哀婉中，自见雄浑壮阔。

【作法】《忆秦娥》，又名《碧云深》《双荷叶》《玉交枝》《秦楼月》等。双调小令，四十六字，六仄韵，二叠韵，多用入声韵。叠韵句都叠上句的结尾三字。后人填此调，平仄多依李词，有些作者填此调平仄有出入者，又脱得离谱。今所注可平可仄处，均依龙榆生《唐宋词格律》，取执衷之义。上下片结句第一字，古代作手多用去声。此调变格甚多，也常有押平声韵的。

更漏子^① 本意

［唐］温庭筠

柳丝长，春雨细，花外漏声迢递^②。惊塞雁，起城乌，
仄平平　平仄△　　○仄●平○△　　○仄仄　仄平①

---

① 更漏子：此调即所谓"夜曲"。古代用铜壶漏来计算时刻，把一夜分成五更，故名"更漏"。"子"就是"曲子"的简称。

② 漏声：古计时器的滴水声。迢递：悠远貌。

画屏金鹧鸪①。

●平〇仄①

香雾薄，透帘幕②，惆怅谢家③池阁。红烛背，绣帘垂，

平●△　●平△　〇仄●平　〇△　〇●仄　仄平②

梦君君不知。

●平〇仄②

【赏析】本篇所写的是思妇长夜相思与惆怅。

上阕围绕"漏声"展开，营造了一种轻柔深婉而又带迷惘情调的氛围。起首三句看似平列写景，实是以柳丝之长、春雨之细烘托漏声。"春雨细"是说夜深人静的时候，远处传来的漏声好像春雨那样轻微。"柳丝长"的视觉形象即因"春雨细"的听觉形象触类而生。静夜闻更漏，往往感到其声悠缈，仿佛传自花外某一遥远的地方，故有"花外漏声迢递"的感觉。至此，情与景相互渗透，水乳交融，浑然天成。接下来，"惊"与"起"对句互文，极言漏声之细长凄恻，连无知的栖鸟也为之惊起。这两句虽为拟想之景，却合理入情。歇拍结以"画屏金鹧鸪"，含蕴丰富：其一，双双对对的金鹧鸪令主人公触景生情，自伤孤寂；其二，主人公静夜怀人，耳闻更漏、雁鸣、乌啼，出于殷切相思忆恋，而顿觉画屏上的金鹧鸪栩栩如生，亦惊亦鸣；其三，上阕侧重写室外之景，至此句已转向

---

① 鹧鸪：鸟名，春季常在山间田野鸣叫。

② 幕：即帷。

③ 谢家：即谢娘家，借指女子居处，魏晋六朝时即有此称。

室内，为下阕描写室内之景过渡。由此，可见作者匠心。

下阕承上，转写主人公的居处环境。首二句写香炉里散发的烟雾已渐稀薄，点明夜已深沉。接下来借"惆怅谢家池阁"一句勾连暗渡。思妇因相思寂寥而感到"惆怅"。"惆怅"二字虽略作渲染，却是点睛之笔。结尾三句续写女主人公无奈之中，背对红烛，垂下绣帘，欲寻美梦来消此"惆怅"，排遣相思之苦。然而自己的一片痴心、悠远迷梦，恐怕对方还不知道呢。至此收结全词，蕴藉深厚，柔情深婉。

【作法】《更漏子》，又名《付金钗》《独倚楼》等。始于温庭筠，多咏夜间相思。双调，四十六字。上片两仄韵转两平韵，下片三仄韵转两平韵。上下片仄韵、平韵属不同韵部。下片首句也可不用韵。词中六字句的倒数第二字，唐宋词作品绝大多数为平声字。

清平乐 晚春

[宋] 黄庭坚

春归何处，寂寞无行路。若有人知春去处，唤取归来
〇平〇△　●仄平平△　●仄〇平平仄△　●仄〇平
同住。
〇△

春无踪迹谁知，除非问取黄鹂①。百啭无人能解，因风
〇平〇仄平◎　〇平〇仄平◎　●仄〇平〇仄　〇平

---

① 黄鹂：黄莺，常于春夏间啼鸣。

吹过蔷薇。

〇仄平◎

【赏析】 这是一首以送春惜春为题旨的词作。上片发问：
春归何处？问而无人能答，于是作者只好自问自答。三四句接
着说道，如果有谁知道春天去了哪里，那就再把它寻回来吧。
这是痴语，表达了对美好春天的执着追求。下片是聊作解答，
其实也是等于不答。春天毫无踪迹。要想知道春归何处，大概
只有去问黄鹂了。当然这个回答并不能使人满意，因为黄鹂纵
然百啭千啼，可是却没有人能听懂黄鹂的话。黄鹂只得乘着
风，飞过蔷薇，独自去追寻春天了。整首词节奏欢快，语调轻
松，其构思的新颖、想象的奇特更是令人激赏不已。

【作法】《清平乐》，又名《清平乐令》《忆萝月》《醉
东风》。双调，四十六字。上片四仄韵，下片三平韵。

阮郎归 春景

[宋] 欧阳修

南园春半踏青时[①]，风和闻马嘶。青梅如豆柳如眉，日
〇平平仄仄平◎　　〇平〇仄◎　　〇平〇仄仄平◎　●

长蝴蝶飞。

平〇仄◎

---

① 南园：晋代张协《杂诗》之八有诗句："借问此何时，南园蝴蝶飞。"此处南园，
　是泛指园林。踏青：春日郊游。

花露重，草烟低，人家帘幕垂。秋千慵困解罗衣，画
平仄仄　仄平◎　○平○仄◎　○平○仄仄平◎　●
堂双燕栖。
平○仄◎

【赏析】这首词的作者一说为南唐冯延巳，又说是北宋晏
殊。这是一首描写踏青风景的词。上片以人起景结。首句点明
地点、时间，正是春光绚烂的三月，和煦的风缓缓吹来，远远
传来马的嘶鸣声。"青梅"两句比喻新颖贴切，更是写出了暮
春的特有景观。下片则以景起，句意联绵如卷帘。花露闪耀着
光辉，如烟的芳草在低处微微起伏。许多人家帘幕低垂，表示
大家都已经踏青去了。一位少女在荡秋千，因为慵困而将外衣
脱去。这个时候，画堂之上的燕子却在叽喳着归巢。整首词就
像一幅明丽的风景画，使读者身临其境，与作者一起欣赏着春
日的风光。

【作法】《阮郎归》，又名《醉桃源》《碧桃春》《宴桃
源》。刘义庆《幽明录》载，刘晨、阮肇入天台山采药，进桃
源洞，遇二仙女，留住半年。后归家，已经历七世。词牌得名
由此。双调，四十七字，上下片各四平韵。下片第一、第二句
多为三字对句。又上下片的结句最后三字，大多为"平仄平"
格式。

摊破浣溪沙 秋恨

[南唐] 李璟

菡萏①香销翠叶残，西风愁起绿波间。还与韶光共憔悴②，
●仄 平平仄仄◎　○平平仄仄平◎　○仄○平仄平仄

不堪看。细雨梦回鸡塞远③，小楼吹彻玉笙寒④。多少泪珠何
仄平◎　●仄●平平仄仄　●平○仄仄平◎　○仄●平平

限恨，倚阑干。
仄仄　仄平◎

【赏析】此词咏秋悲，感受精微，叙写柔美，其中还有千
古佳句，实不愧为南唐词中的名篇佳作。

上阕感秋，以秋塘残荷起兴。荷花称"菡萏"，荷叶称
"翠叶"，使人生珍美之联想。而于其后缀以"香销"、缀以
"残"，则作者对如此珍贵芬芳之生命的消逝凋残的哀感，便
尽在不言中了。次句点出"愁"字，物与人才蓦然结合于此
"愁"字中。接下来，承前两句景物之叙写，归结为一切美好
景物和生命"共憔悴"，于是，"不堪看"三字才具有含蕴深
厚之美好和无限深重之悲慨。

下阕怀远，深刻细腻地描写了思妇的感受。"细雨"二
句表情达意极悲苦，文字与形象却极优美，实是一种意境的渲

---

① 菡萏：即荷花。
② 韶光：美好的时光。已憔悴：萎靡不振貌。
③ 梦回：梦醒。鸡塞：即鸡鹿塞，汉时边塞名，故址在今内蒙古。这里泛指边塞。
④ 吹彻：吹到最后一曲。彻，大曲中的最后一遍。玉笙：笙的美称。

染。至"多少泪珠何限恨"句，则将前两句所渲染的悲凄之情一泻而出。而后却戛然而止，只以"倚栏干"三字景语作结，与上阕开端之景语遥相呼应，含义深沉，韵味悠远。

全词回环往复之叙写，景语情语之互现，远笔近笔之映衬，其间无丝毫造作之态，只如行云流水般自然风发，怀思无限。

【作法】此调本名应作《山花子》，双调小令，四十八字，上片三平韵，下片两平韵；五代时即已出现。宋人认为它是《浣溪沙》的变体，所以改名为《摊破浣溪沙》。从严格意义上说，这不是"摊破"，而是添声或添字。"摊破"的"意思是将某一个曲调，摊破一二句，增字衍声，另外变成一个新的曲调，但仍用原调名"（见施蛰存《词学名词释义》）。例如将《浣溪沙》上下片的第三句（七字句）改成四字、五字各一句，成四五句式，而这首词是上下片分别增加了一个三字句。《浣溪沙》，历代词人使用极多，兹举晏殊词一首并附格律如下：

一曲新词酒一杯，去年天气旧亭台。夕阳西下几时回。
●仄〇平●仄◎　●平〇仄仄平◎　◎平〇仄仄平◎

无可奈何花落去，似曾相识燕归来，小园香径独徘徊①。
〇仄●平平仄仄　●平〇仄仄平◎　●平〇仄仄平◎

【赏析】此词含蓄蕴藉地表达了对时光流逝的怅惘和对春色衰败的惋叹。

---

①　香径：铺满落花的小路。以上三句，作者曾写入一首题作《示张寺丞王校勘》的七言律诗中，只将"香"字改作"幽"字。

上阕首句"一曲新词酒一杯"乃"富贵宰相"晏殊生活的真实写照。"去年天气旧亭台",物是人非之感跃然纸上。而时光易逝不易留,自然引出"夕阳西下几时回",直如曹操"对酒当歌,人生几何"的感慨;同时,作者惜时中暗寓怀人之情。下阕沿着上阕的情绪延伸,融情入景,在对春色飘零和时光流逝的伤感中,抒发孤独寂寞之情。"花落去"乃暮春常景,既是写实,更是对青春、爱情、友谊等动人事物的象征。"燕归来"既谓时光过去一载,也意味深长地表达了旧燕归来、故人不在的惆怅。"无可奈何"与"似曾相识"则有相似的表达效果。结句意蕴丰富,余味幽长,"独徘徊"的"独"字准确而传神地总结了全词的情调。

"无可奈何花落去,似曾相识燕归来"一联精工典雅,浑然天成,不露斧凿之痕。正如清人刘熙载《艺概》云:"词中句与字有似触著者,所谓极炼如不炼也。晏元献'无可奈何花落去'二句,触著之句也。"

《浣溪沙》下片第一、第二句,多用对仗。

西江月 佳人

[宋] 司马光

宝髻①松松挽就,铅华②淡淡妆成。红烟翠雾罩轻盈,飞
●仄 ○平●仄 ○平 ●仄平◎ ○平●仄仄平◎ ○

---

① 宝髻:古代妇女梳的一种发型。
② 铅华:用来搽脸的粉。

絮游丝^①无定。相见争如不见^②，有情何似无情^③。笙歌散后酒

仄〇平　〇△　　〇仄〇平●仄　　●平〇仄平◎　　〇平●仄仄

微醒，深院月明人静。

平◎　　〇仄●平〇△

【赏析】这是一首描写美人的香艳之词，可能是司马光在酒宴上逢场作戏的赠妓之作。这在宋代文人士大夫之间是很常见的事情，我们不必少见多怪。

上片描写这位歌舞妓的形态。她薄施粉黛，松松地绾就一个云髻，显示出少女的天然丽质。她的身材窈窕，舞姿轻盈，像一片云、一团雾一样在作者的眼前翩翩起舞，有时也像飞絮游丝一般飘忽不定，令人心醉神迷。下片转入对个人感情的抒发。见到这样一位美丽女子本来是一件幸事，可是作者却说"争如不见"。这是因为，一见到她，自己就销魂，就沉醉，生出无限的爱恋之情，可是欢乐是短暂的，只会给自己带来长久的悲伤。酒阑人散，这位美人也离开了，只剩下自己酒已微微醒来，在安静的深院中望月惆怅。

这首词的结构层次分明，描写自然，抒情深婉，写出了美好与欢乐的短暂和因此而产生的个人情感悲伤，语带调侃，具有很强的感染力。

【作法】《西江月》，又名《白蘋香》《步虚词》《江月

---

① 游丝：春天空中飘动着的虫丝。

② 相见句：李白《相逢行》诗："相见不相亲，不如不相见。"

③ 有情句：杜牧《赠别》诗："多情却似总无情，唯觉尊前笑不成。"

令》《壶天晓》等。双调，五十字。上下片各两平韵，结句各叶一仄韵，平、仄韵属同一韵系。上下片的第一、二两句多为对偶句。上下片结句第五字虽然可平可仄，但多数作者用平声字。

南歌子 闺情

［宋］欧阳修

凤髻金泥带①，龙纹玉掌梳②。去来窗下笑相扶，爱道画
●仄平平仄　　平平仄仄◎　　●平〇仄仄平◎　　●仄●

眉深浅入时无③？　弄笔偎人久，描花试手初。等闲④妨了
平〇仄仄平◎　　●仄平平仄　　平平仄仄◎　　●平　●仄

绣工夫，笑问鸳鸯两字怎生⑤书？
仄平◎　●仄〇平●仄仄平　◎

【赏析】这是一首艳词，写的是一位女子在情人面前的娇憨之态，亦可说是刻画新嫁娘的娇憨之态。上片描写这位女子梳着凤髻，用泥金丝带绾着头发，发髻上还插着龙纹玉掌梳。她走来走去，拉着情人的手，含情脉脉地问道："我这打扮是不是符合时尚？"烂漫之态，旖旎风光，尽在其中。下片继续展开。女子长久地依偎在情人的身边，一会儿要写字，一会儿

①凤髻：发髻梳成凤凰的样子。金泥带：用屑金装饰制成的束带。

②龙纹玉掌梳：用玉制成刻着龙形花纹的掌形梳子，插于发髻。

③画眉深浅入时无：唐朱庆馀诗《近试上张水部》："洞房昨夜停红烛，待晓堂前拜舅姑。妆罢低声问夫婿，画眉深浅入时无？"入时无，"合时吗"的意思。

④等闲：白白地。

⑤怎生：怎么。

又要描花，结果连刺绣的正事也给耽误了。可是她却并不在意，还笑语盈盈地问身边的情人："这'鸳鸯'两字是怎么写的呀？"我们仿佛见到这对情偶缠绵甜美的样子，情态传神，曲尽其妙。

【作法】《南歌子》，又名《十爱词》《水晶帘》《南柯子》《望秦川》《风蝶令》等。任二北《唐声诗》以为《南歌子》是唐人饮筵行令间所用之箸词，配合短歌小舞。此词牌有单调双调和平韵仄韵各体。宋人多用双调，五十二字，上下片各三平韵。上下片首两句例用对仗；结句多为上二下七或上六下三句式。

醉花阴 重九

[宋] 李清照

薄雾浓云愁永昼①，瑞脑消金兽②。佳节又重阳，玉枕纱
●仄〇平平仄△　●仄平平△　〇仄仄平平　●仄平

厨③、昨夜凉初透。　东篱④把菊黄昏后，有暗香盈袖。莫
平　●仄平平△　　〇平　仄平平△　仄仄平平△　●

道不销魂，帘卷西风、人比黄花⑤瘦。
仄仄平平　〇仄平平　〇仄平平　△

① 永昼：漫长的白天。
② 瑞脑：即龙脑香，一种名贵的香。金兽：兽形的铜制香炉。
③ 纱厨：纱帐。旧日卧床上都有淡绿色的纱制幔帐，称为纱厨或碧纱厨。
④ 东篱：陶渊明《饮酒》诗："采菊东篱下，悠然见南山。"此处指菊圃。
⑤ 黄花：金黄色的菊花。

117

【**赏析**】这首词写于北宋末年，当时赵明诚离乡在外任知州，清照独守空闺，在重阳节思念明诚而写下此词。

上阕言离愁。一整天都是云雾袅绕，真是怀人天气，惹人烦愁；只能眼看着瑞脑香在香炉里一点点燃烧尽烬。第一句的"永"字与次句的"消"字相应，曲折地写出了词人长时间地独处的悠悠思念。接下来三句由白昼写到夜间，"佳节又重阳，玉枕纱厨，半夜凉初透。"在"每逢佳节倍思亲"的重阳夜，一个人枕着玉枕，睡在纱橱里，半夜就冷醒了。"半夜凉初透"，不仅说明九月的天气转凉，更表现作者内心的凄凉和孤寂。下阕从"东篱"两句开始逐步深入，词人来到菊园把酒赏花，虽然有暗香环绕，然而没有丈夫陪在身边，香更恼人，花更烦人，良辰美景更愁人。最后用"人比黄花瘦"这个比喻，不仅形象地展示词人为情所伤日渐憔悴的神情，而且赋予全篇所描写的景物以抒情效果。

此词成功地刻画了一个多愁善感的少妇形象，历来被称为宋词中的名篇佳作。陈廷焯说："无一字不秀雅。深情苦调，元人词曲往往宗之。"（《白雨斋词话》）。

【**作法**】《醉花阴》，双调，五十二字，上下片各三仄韵。下阕第二句句法要求上一下四或上二下三。

浪淘沙 怀旧

[南唐] 李煜

帘外雨潺潺①，春意阑珊②，罗衾③不耐五更寒。梦里不知
○仄仄平◎　○仄平◎　○平●仄仄平◎　●仄●平

身是客，一晌④贪欢。　　独自莫凭栏，无限江山，别时
平仄仄　●仄　平◎　　●仄仄平◎　○仄平◎　●平

容易见时难。流水落花春去也，天上人间⑤。
○仄仄平◎　○仄●平平仄仄　○仄平◎

【赏析】此词作于南唐亡国之后，发音悲切，感人至深，
被认为是李煜的绝命之作。

上片用逆笔写梦境。起首两句写梦醒状景。五更梦回，帘
外是淅淅沥沥的雨声和即将消逝的暮春。第三句的"五更寒"
既指自然界的气候，也指词人内心的凄伤。四五句写梦醒的伤
感。他刚才一定是又到了昔日的生活，那真是"一晌贪欢"，
惬意舒心。现在醒来，不由得将它与凄凉冷酷的现实处境对
比，令人顿增伤感。下片用揣想写现实。作者此时再也不能入
睡，起身凭栏独立，想到南唐无限的江山就这样轻易地失去，
再也回不来了。正是暮春时分，落花随着流水而消逝了；自己

①潺潺：溪流、泉水的声音，此处指雨声。
②阑珊：将尽，衰落。
③罗衾：用绸做成的薄被子。
④一晌：指很短时间，片刻。
⑤天上人间：唐代张泌《浣溪沙》有词句："天上人间何处去，旧欢新梦觉来时。"

119

的恣意韶华也飘逝如云烟了，天上人间早已没有踪迹。"流水""落花""春去"三事都是一去不复返的，意蕴悠远而唤起读者人生体验的共鸣，使人潸然泪下！

【作法】《浪淘沙》，又名《卖花声》《过龙门》。原为七言绝句，至五代时始成双调小令，五十四字，上下片各四平韵，多作激越凄壮之音。

鹧鸪天 别情

[宋] 聂胜琼

玉惨花愁出凤城①，莲花楼下柳青青。尊前一唱阳关曲②，
●仄平平●仄◎　○平○仄仄平◎　○平●仄平平仄

别个人人第五程③。　寻好梦，梦难成，有谁知我此时情。
●仄平平●仄◎　平仄仄　仄平◎　●平○仄仄平◎

枕前泪共阶前雨，隔个窗儿滴到明。
●平●仄平平仄　●仄平平●仄◎

【赏析】据明代梅鼎祚《青泥莲花记》载，礼部属官李之问因任职期满来京城改官，遇见名妓聂胜琼，非常喜爱，两人遂欢好。不久李之问将要出京，聂胜琼为之送别，饯饮于莲花楼，

---

① 凤城：春秋时期，秦穆公女儿弄玉学吹箫，能模仿凤鸣声，有凤凰闻声而来，因名其城曰丹凤城。后称国都为凤城。
② 阳关曲：唐王维作《送元二使安西》诗："渭城朝雨浥轻尘，客舍青青柳色新。劝君更尽一杯酒，西出阳关无故人。"后被谱入乐，名为"阳关三叠"，是著名的送别曲子。
③ 人人：对亲昵者的称谓。第五程：极言路程遥远。

唱了一首词，末句云："无计留春住，奈何无计随君去。"李大为感动，遂又停留时日。后因家中催促，李只得回家，在半路上收到聂胜琼寄来的这首《鹧鸪天》。回家后，词被李妻发现，为真情所感，遂劝丈夫将聂胜琼纳为小妾。于是，有情人终成眷属。

　　词的上片写送别。词人面对杨柳青青，花容失色，玉颜惨淡，在莲花楼上与情郎含愁泣别。依依不舍地唱一首悲伤的离歌，情郎就此踏上遥远的归程了。下片写别后的思念。两地相隔，不得相见，她只好去梦中将情郎寻觅，可是好梦难成，夜雨难眠，窗外春雨如泪，窗内人泪如雨，在这寂静的夜里滴滴答答直到天明。

　　【作法】《鹧鸪天》，又名《思佳客》《于中好》《思越人》《千叶莲》等。此调实由两首仄起平韵七言绝句组成，唯下片开首改成两三字句而已。词的上片第三、第四句，下片两个三字句一般宜对仗（此词未用）。

虞美人 感旧

［南唐］李煜

春花秋月何时了①，往事知多少？小楼昨夜又东风，故
〇平〇仄平平△　　●平平平△　　●平●仄仄平①　　●

①春花秋月：代指岁月的更替。

国不堪回首月明中。　　　雕栏玉砌①应犹在，只是朱颜②改。

仄●平〇仄仄平①　　　〇平仄仄 平平△　●仄平平 △

问君能有几多愁，恰似一江③春水向东流。

●平〇仄仄平②　●仄●平 〇仄仄平②

【赏析】此词系李煜被俘到汴京后所作，淋漓尽致地刻画出词人的亡国之痛。王国维说"后主之词，真所谓以血书者也"（《人间词话》）。就是指的这一类词作。

此词大胆抒发词人的故国之思，充满悲恨激楚的感情色彩，其情感之深厚、强烈，如江水奔泻，浩荡无涯。全词通篇采用问答，以问起，以答结，通过高亢快速的调子，刻绘出词人悲恨相续的心理活动，深切沉着，震动人心。

起句怨问苍天，劈空而下。"春花秋月"本是美景良辰，但对人生已绝望的词人却讨厌其无休无尽。接句"往事知多少"，则由春花秋月之无尽反衬短暂人生之无常。"往事"自然是指他在南唐故国金陵曾拥有的繁华和欢乐。第三句"小楼"指囚居之所，"昨夜又东风"则点明他归宋后又过一年了，同时也与首句相呼应。第四句直抒亡国之恨，足见其纵性不羁的个性和纯真深挚的感情。下片写遥望南国的感慨。"雕栏"两句写金陵故国宫殿的雕栏玉砌应该还在，只是当年曾流连其中的人已憔悴不堪了，物是人非的怅恨之感令人扼腕。全词至

---

① 雕栏玉砌：雕花栏杆，玉石台阶。此指南唐豪华的宫殿楼阁等建筑物。

② 朱颜：红润的脸色。

③ 一江：指长江。

此，已转入深沉的富有哲学意味的思考，蓄势待发。末两句"问君能有几多愁，恰似一江春水向东流"则将满腔幽愤开闸放出，一泻千里。这是以水喻愁的千古绝唱，把感情在升腾流动中的深度和力度表现得淋漓尽致。而且，结尾这九字句，平仄交替，读来亦如春江波涛般此起彼伏、连绵不绝，真是声情并茂。

全词结构精巧，通篇一气盘旋，波涛起伏，前呼后应，流走自如，结合成谐和协调的艺术整体。

【作法】《虞美人》，又名《一江春水》《玉壶冰》《虞美人令》等。词调是因秦汉年间项羽作《虞兮》歌而得名。有五十六字、五十八字等格。此为五十六字，双调，每两句平仄转韵，共四仄韵，四平韵。上下片末句为九字句，可以二七式，也可以四五、六三式。词中上下片第三句及第四句（九字句）之后七字，虽说第一第三字的平仄可以不论，但大多数词作均作"仄平平仄仄平平"。

南乡子 春闺

[宋] 孙道绚

晓日压重檐，斗帐春寒起未忺①。天气因人梳洗懒，眉
●仄仄平◎　●仄平平仄仄◎　○仄●平平仄仄　平

尖，淡画春山②不喜添。　　闲把绣丝挦③，认得金针又倒拈。
◎　●仄平平　仄仄◎　　○仄仄平◎　●仄平平仄仄◎

①忺：高兴，适意。

②春山：比喻女子的眉毛。

③挦：摘取，这里指挑线。

陌上游人归也未，恹恹^①，满院杨花不卷帘。

●仄〇平平仄仄　平◎　●仄平平仄仄◎

【赏析】这是一首思妇春日怀远的词作，下片"陌上游人归也未"是全词关捩。上片写独居慵懒，下片写相思怀远，都因此句而展开。上片以平淡引出。朝阳高出了双层屋檐，她才从斗帐中起身，春寒隐隐，睡思昏昏，无限春愁，无处排遣。她无心梳妆打扮，女为悦己者容，如今爱人不在身边，又为谁梳妆为谁妍呢？下片描写细节。闲来无事，还是拿起花绷来绣花吧，但是因为心不在焉，却把针倒拈了。金针倒拈，生动地刻画出这位女子因思念而失神的模样。其实她的绣花也只是打发寂寞罢了，心思一直在远方的那个人身上。因为思念而伤心，最后弄得自己精神也萎靡起来，末句写此时帘外微风吹起，杨花纷纷飘落。她也懒得放下珠帘，任由杨花飞入卧房。

【作法】《南乡子》，又名《好离乡》《蕉叶怨》。有单调、双调两体。双调，五十六字，上下片各四平韵。上下片各有一个二字句。宋以后多用双调。

---

① 恹恹：精神委靡。

鹊桥仙 七夕

[宋] 秦观

纤云弄巧，飞星①传恨，银汉迢迢暗度。金风玉露②一相
○平●仄　○平○仄　○仄○平●△　○平●仄 仄平

逢，便胜却、人间无数。　柔情似水，佳期如梦，忍顾
平　仄●仄　平平○△　○平●仄　○平○仄　●仄

鹊桥归路。两情若是久长时，又岂在、朝朝暮暮③。
●平○△　●平●仄仄平平　仄●仄　平平●△

【赏析】这是一首吟咏七夕的著名情词，由牛郎织女七夕
鹊桥相会的美丽传说生发。上片写欢会，以"纤云弄巧，飞星传
恨"两个对句起头，既写七夕景色，又景中见情，展示了七夕独
有的抒情氛围。第三句"银汉迢迢暗度"，则将七夕主题和牛
郎织女的美丽传说联系起来，练达而凄美。"金风"两句由叙
述转为议论，表明了作者对这一神话传说的爱情意义的认识。
下片起首"柔情似水，佳期如梦"也是对句，写双星的短暂会
面，轻柔而美好。"忍顾鹊桥归路"就是对他们因伤别而不忍
回顾鹊桥的描写，表现了他们深深的依恋和惆怅。词的最后，
发出动情的感慨，也表达了作者对牛郎织女爱情的理解与歌

---

① 飞星：指牵牛星和织女星。
② 金风玉露：李商隐《辛未七夕》中有诗句"由来碧落银河畔，可要金风玉露时"。
　金风，指秋风。
③ 朝朝暮暮：宋玉《高唐赋序》谓楚怀王游高唐，昼寝，梦见一女子。王因幸之，女
　子离去时说："妾在巫山之阳，高丘之阻。旦为朝云，暮为行雨。朝朝暮暮，阳台
　之下。"

颂。他们难得见面，却心心相印、息息相通。他们只能在七夕之夜，相会于秋风白露之中，但是他们无怨无悔，依旧忠贞地相爱。

【作法】词调取名，得自七夕织女渡河与牵牛鹊桥相会事。双调，五十六字，上下片各两仄韵。上下片的第一、第二句应对仗，所以首句第三字与次句的第三字，平仄应错开，即首句第三字如用平，则次句第三字当用仄，反之亦然。

踏莎行 春暮

［宋］寇准

春色将阑①，莺声渐老，红英落尽青梅小。画堂②人静雨
〇仄平平　　〇平仄△　　〇平●仄平平△　●平〇仄仄
濛濛，屏山③半掩余香袅。　　密约沉沉，离情杳杳，菱花④
平平　〇平●仄平平△　　　　●仄平平　〇平仄△　平
尘满慵将照。倚楼无语欲销魂，长空暗淡连芳草。
〇仄平平△　●平〇仄仄平平　〇平●仄平平△

【赏析】这是一首闺怨词。上片写景，紧扣主人公的心情。暮春时节，黄莺的叫声已经不再清脆。芳菲已尽，繁华皆已凋谢，梅树上结出了青色的梅子。帘外的细雨下个不停，画堂内屏风半掩，炉香袅袅，人声寂寂。下片写情，最后又以景

①阑：尽。
②画堂：装饰华丽的房舍。
③屏山：立起的屏风像山一样，故名屏山。
④菱花：镜子。

结。这位饱受相思熬煎的女子，想到自己与情郎曾有过幽期密约，然而此时他却还在远方没有归来。《诗经》里面说："自伯之东，首如飞蓬。岂无膏沐？谁适为容！"《战国策》中说："女为悦己者容。"现在心爱的人在远方，这位女子也没有心思梳妆打扮了，任凭镜子上落满了灰尘。她登楼眺望，只是看到那芳草萋萋与黯淡的天空相接。《楚辞·招隐士》中有"王孙游兮不归，春草生兮萋萋"的句子，而此时芳草依旧萋萋，王孙仍然不归，岂不令人倍觉伤感。

【作法】《踏莎行》，又名《柳长春》《江南曲》《芳心苦》《潇潇雨》等。双调，五十八字，上下片各三仄韵。上下片的首起两句宜对仗。

临江仙 妓席

[宋] 欧阳修

柳外轻雷池上雨，雨声滴碎荷声①。小楼西角断虹明，
●仄〇平平仄仄 ●平●仄平◎ ●平仄仄仄平◎
栏干倚处，遥见月华生。 燕子飞来窥画栋，玉钩垂下
〇平仄仄 〇仄仄平◎ ●仄〇平平仄仄 ●平〇仄
帘旌②。凉波不动簟纹平③。水晶双枕，犹有堕钗横。
平◎ 〇平●仄仄平◎ ●平〇● 〇仄仄平◎

① 池外两句：唐李商隐《无题》诗："飒飒东风细雨来，芙蓉塘外有轻雷。"
② 帘旌：帘额，帘子上部所缀的软帘。此处即指帘子。
③ 凉波句：唐韩愈诗《新亭》有"水纹凉枕簟"句，五代和凝词《山花子》有"水纹簟冷画屏凉"句。

127

【赏析】有人说这首词是欧阳修写自己的风流韵事，证据就是最后两句"水晶双枕畔，犹有堕钗横"。水晶枕是成双的，还有钗横鬓散，自然是风流韵事了。不过，也有人反对这种说法。俞平伯就认为，这首词的作法大体与李商隐的《偶题》、韩偓的《已凉》是相似的。为便于读者理解，现将两诗录于此处。

偶题

［唐］李商隐

小亭闲眠微醉消，山榴海柏枝相交。
水纹簟上琥珀枕，旁有堕钗双翠翘。

已凉

［唐］韩偓

碧栏干外绣帘垂，猩色屏风画折枝。
八尺龙须方锦褥，已凉天气未寒时。

因此，这首词写的是一位贵妇的生活，应无涉欧阳修的艳遇。

上片写景物和贵妇的形迹，但其中含情。午后，雷声传来，池塘上下起了一阵雨。这是夏日午后经常会有的雷阵雨，很快雨声停息，浓云散去，站在小楼西角上的这位女子看到了天空出现的彩虹。她就这样站在楼上，倚靠着栏杆，呆呆地望着天空，此时月亮开始慢慢升起。倚栏怅望是古典诗词中常见的情景，而月亮又是思念的意象，因此我们可以知道这位女子在思念自己的情人或者在渴望着爱情。

下片继续写景物和贵妇的形迹。月亮升起，说明天已傍晚了，这时候燕子飞回觅巢了。当然燕子是成双成对的，以并禽来写爱情或者反衬人的孤独，这也是古典诗词中常用的手法。于是，妇人伤心地放下窗帘，独宿空房。她躺在竹席上面，感到如水波一般清凉。这是竹席的凉，其实也是这位女子心中的凉。床上放的是水晶双枕，可是躺在这里的却只有自己一个人。除此之外，就只有那堕钗陪伴着自己了。词写到这里戛然而止，整首词时空承接处理得很好，不同的场景相继出现。没有一处明写这位女子的情感，但是她的情感却得到了更有力的表现。

【作法】《临江仙》，又名《庭院深深》《谢新恩》《瑞鹤仙令》等。有三种格式。第一格（即欧词）双调五十八字，六平韵。上下片第四句四字，只可作"平平仄"或"仄平平仄"。第二格亦双调五十八字，六平韵。上下片首句为六字，作"●仄〇平平仄"；上下片的第四句为五字，作"●平平仄仄"。其他与第一格同。第三格双调六十字。六平韵。上下片第四句为五字，作"●平平仄仄"，其他与第一格同。

蝶恋花 春景

[宋] 苏轼

花褪残红青杏小①。燕子飞时，绿水人家绕。枝上柳绵②
〇仄〇平平仄◎　●仄平平　●仄平平△　〇仄●平

吹又少，天涯何处无芳草。　墙里秋千墙外道。墙外行
平仄△　〇平〇仄平平△　　〇仄〇平平仄△　〇仄平

人，墙里佳人笑。笑渐不闻声渐杳，多情却被无情恼③。
平　〇仄平平△　●仄●平平仄△　〇平●仄平平△

【赏析】这是一首感叹春光易逝、佳人难得的小词。大约
是苏轼贬官惠州（广东惠阳）途中所作。虽为一己之情怀，却
颇具人生之哲理，在伤感之中不乏风趣，又有勘破人生的旷达
豪情，极能体现东坡写情的特点。

上阕写景，抒伤春之感。词人既善于把握暮春的特有风
光，又善于借景抒情，在客观地描写景色时融入了自己的深沉
感受。起句"花褪残红青杏小"通过写景点出时令。"残红"
再着一"褪"字，花少且已褪色的暮春之景不禁给人几分伤春
之意。杏已结子，但"青"又"小"，说明夏天刚到。"燕
子"两句承前将视线从枝头移开，转向广泛的空间，心情也随
之豁然开朗。空中轻燕斜飞，在村头盘旋飞舞，给画面带来了
盎然兴味，增添了动态美。舍外绿水环抱，于幽静之中含富贵

① 花褪：指花色衰败。残红：是指红花已所剩无几。
② 柳绵：柳絮。
③ 多情：此指行人。无情：此指佳人。

气象。"枝上"两句最为后人称道，先一抑，后一扬，在跌宕起伏之中，表现出词人深挚的情感和旷达的襟怀。柳絮纷飞表明春已逝，更何况"吹又少"呢？这种写法与"花褪残红"相似却又不露痕迹，故不觉重复，倒有缠绵悱恻之感。"天涯何处无芳草"却是疏朗中略带感伤，深婉动人。

下阕写人，表现不为人解之苦恼。由于"绿水人家"环以高墙，"墙外行人"只能看到露出的秋千。"行人"听到佳人荡秋千的欢声笑语，却看不到佳人的容貌姿态，令人不禁浮想联翩，在想象中产生无穷意味。这种一藏一露的艺术描写，绝妙地创造出诗的境界。黄蓼园说："'柳绵'自是佳句，而次阕尤为奇情四溢也。"佳人欢笑，行人多情，结果是佳人洒下笑声一片，杳然而去；行人凝望秋千，烦恼徒生。最终得出了"多情却被无情恼"这一极富人生哲理的感悟。

【作法】《蝶恋花》，又名《凤栖梧》《鱼水同欢》《明月生南浦》《鹊踏枝》等。双调，六十字，上下片各四仄韵。

一剪梅 春思

[宋] 蒋捷

一片春愁待酒浇，江上舟摇，楼上帘招①。秋娘渡与泰
●仄平平●仄◎　○仄平◎　○仄平◎　　○平●仄仄

---

① 帘招：即酒旗，此处招为动词，飘动、招揽的意思。

娘桥①。风又飘飘，雨又潇潇。　何日归家洗客袍，银字
平◎　○仄平◎　●仄平◎　　○仄平平●仄◎　○仄
笙调②，心字香烧③。流光容易把人抛。红了樱桃，绿了芭蕉。
平◎　○仄平◎　○平○仄仄平◎　○仄平◎　●仄平◎

【赏析】这首词《竹山词》原题作"舟过吴江"，当是
词人乘船经过吴江县时所作。全词运用"点""染"结合的手
法，生动表现了词人的春愁和久客思乡的情感。上片首句点明
春愁如海，并带起以下两句："江上舟摇"写春愁的原因，是
因为客居他乡，身在旅途；"楼上帘招"呼应上句的"待酒
浇"。接下来几句，用当地的特色景点和凄清、悲伤气氛对春
愁进行渲染。下片写对归家的渴望。"何日"是一个问句，这
一问问出了词人对漂泊江湖的厌倦和归家的迫切心情。他想象
回家的情景；结束了旅途的劳顿，换去客袍，享受着焚香调琴
的闲适生活。最后几句由客久思归（因空间距离所造成）的情
感扩展到对时光流逝的感慨，使词的表现意蕴更加宽宏广阔，
震撼人心。最后两句"红了樱桃，绿了芭蕉"是化抽象为形象
的手法，用两种植物的变化表现时光流逝。潜台词当然是自己
依然在外奔波，一年年空伤老大。这首词虽然简短，但是取景
典型，善于渲染，表现了深厚宏阔而细腻感人的情感，因而成

---

① 秋娘渡与泰娘桥：都是吴江（今属江苏）地名。秋娘、泰娘，都是唐代歌女。

② 银字笙：用银字来表示音阶高低的笙。调：吹奏。

③ 心字香：据宋人范成大《骖鸾录》记载，某地人制作心字香，将半开的素馨茉莉花
置于净器中，薄劈沉香，层层相间，密封起来，每天换一次，花期未过，心字香就
已经制成了。

为一首为人们广为流传的词篇。

【作法】《一剪梅》，又名《玉簟秋》《腊梅香》。双调，六十字，可以句句叶韵，共十二平韵；也可仅叶六平韵，即上下片的第二、第四、第五句不叶韵；也可叶八平韵，即上下片的第二句、第五句不叶韵。其四字句多用对仗。

渔家傲 秋思

［宋］范仲淹

塞下①秋来风景异，衡阳②雁去无留意，四面边声连角③
●仄 ○平平仄△　○平 ●仄平平△　仄仄平平平仄

起，千嶂④里，长烟落日⑤孤城闭。　　浊酒一杯家万里，燕然
△　平● △　○平●仄 平平△　　　●仄○平平仄△　○平

未勒归无计⑥。羌管⑦悠悠霜满地，人不寐，将军⑧白发征夫泪。
●仄平平△　●仄 ○平平仄△　平●△　○平 ●仄平平△

【赏析】宋仁宗年间，范仲淹节镇西北边塞。据说期间他作了《渔家傲》词数首，述边镇劳苦，现只存此一首。

① 塞下：边境要塞之地，此指西北边疆。
② 衡阳：古代传说雁秋天南飞至衡阳即止，衡山的回雁峰即因此而得名。
③ 角：号角。
④ 嶂：直立如屏的山峰。
⑤ 长烟落日：化用唐代诗人王维的名句"大漠孤烟直，长河落日圆"。
⑥ 燕（yān）然：山名，在今蒙古境内。东汉窦宪曾北伐大破匈奴，在燕然山刻石纪功而归。勒：刻。
⑦ 羌管：羌笛。
⑧ 将军：作者自指。

上片侧重写景，既写出边塞风光之独特，又具有强烈的主观情感。起句以"塞下"点明区域，以"秋来"点明季节，以"风景异"概括地写出与内地大相径庭的风光，这一个"异"字，可作"恶劣"解。次句写边塞的大雁到了秋季即向南急飞，毫无留恋之意。"无留意"三字以遒劲的笔力透出边关萧瑟的荒凉景象。"四面边声连角起"续写边塞傍晚时分的战地景象。带有边地特色的一切声响随着军中的号角声而起，形成了浓厚的悲怆氛围，为下片的抒情蓄势。接下来以"千嶂""孤城""长烟""落日"这些所见与前面所闻的"边声""号角声"结合起来，展现出一幅充满肃杀之气的战地风光画面。而"孤城闭"又依稀透露出宋朝守军的力量薄弱，因而不得不一到傍晚就关闭城门的严峻形势。这就为下片的抒情埋下伏笔。

下片侧重情，抒写了戍边的决心及对家乡的深切思念。起句以"一杯"与"万里"形成了悬殊的对比，诉尽了浓重乡愁。次句化用典故，表明战争没有取得胜利，还乡之计无从谈起，可是要取得胜利，以宋朝军力之薄谈何容易。"羌管悠悠霜满地"承上阕写夜景。深夜里传来悲凉抑扬的羌笛声，大地铺满冷霜。如此凄清寒夜，满腔爱国激情和浓重乡思的词人思潮翻滚，怎堪入眠，自然引出"人不寐"。结句由己及人，总收全词，道出了将军与征人共同的情愁；既希望取得伟大胜利，却因战局长期无进展，又难免有思念家乡、牵挂亲人的复杂而矛盾的情绪。

范仲淹以亲身经历，描摹边塞风光，抒爱国情思，首开边塞词之作。全词情调苍凉悲壮，感情沉挚抑郁，一扫花间派柔靡无骨、嘲风弄月的词风，成为后来苏轼、辛弃疾豪放派词的先声。

【作法】《渔家傲》，又名《无门柳》《荆溪咏》《游仙咏》等。双调六十二字，上下片各五仄韵。

青玉案 春暮

［宋］贺铸

凌波不过横塘路①，但目送、芳尘去。锦瑟华年谁与度？②
〇平●仄平平△　仄●仄　平平△　●仄平平平仄△

月台花榭，珠窗朱户③，只有春知处。　碧云冉冉蘅皋暮④，
●平〇仄　●平〇△　●仄平平△　　●平●平平△

彩笔新题断肠句⑤。试问闲愁都几许⑥？一川⑦烟草，满城飞
●仄平平仄平△　●仄平平平仄△　●平　平仄　●平平

絮，梅子黄时雨⑧。
△　〇仄平平△

----

① 凌波：曹植《洛神赋》有"凌波微步，罗袜生尘"句，凌波形容女子步态轻盈。下句"芳尘"取"罗袜生尘"意，指美女的踪迹，这里代指美女。横塘：地名，在苏州城外。

② 锦瑟华年：语出李商隐《锦瑟》开头两句"锦瑟无端五十弦，一弦一柱思华年"。这里指美好的时光。

③ 琐窗朱户：雕花窗户，红色大门。

④ 蘅皋：指长有香草的边水高地。蘅，香草。

⑤ 彩笔：五色笔。形容人极有才情。《南史·江淹传》记载江淹晚年梦见郭璞对他说："吾有笔在卿处多年，可以见还。"江淹掏出一只五色笔给郭璞，从此写诗作文缺乏文采，人称江郎才尽。

⑥ 都几许：共有多少。

⑦ 一川：遍地。

⑧ 梅子黄时雨：春夏之交阴雨连绵的时节正是梅子成熟的时候，俗称"梅雨。"

【赏析】这首词是贺铸晚年的作品，以江南暮春之景集中表现美人离去的"闲愁"。宋周紫芝《竹坡诗话》云："贺方回曾作《青玉案》词，有'梅子黄时雨'之句，人皆服其工，士大夫谓之'贺梅子'。"可知此词当时颇负盛名。

上阕以虚实相生的笔法写情之断阻。首句言美人的足迹不能到自己的居地来，次句言自己只能以目光追随其芳踪（不能亲往）的落寞无奈。第三句一折，如花美眷，似水流年，谁人与共？这一问既关涉作者自身的孤寂，又暗示作者倾心的佳人的处境，并领起下文。后三句是作者揣测美人居处，想到她大概处于幽雅富丽的深院香闺中，然而爱慕、企盼带来的是只有春知晓的无限伤感。

下阕以写实之笔刻绘愁思。首句暗用江淹《休上人怨别》"日暮碧云合，佳人殊未来"语意，绾结前后词句。晚霞中流云袅袅，河岸边香草遍地，好一幅黄昏图景。作者用以乐景写哀情的手法抒写自己难遣的愁情。在这样情绪之下，新题的都是让人伤心欲绝的词句。"试问"几句，用联珠博喻具体渲染作者心中的"闲愁"，被黄庭坚誉为"江南断肠句"，因精警工巧成为千古传唱的名句。作者选取的烟草、风絮、梅雨分别存在于地上、人间、天上，这是极言愁思之多，无处不在；它们分别又是江南二三月、三四月、四五月之景，这是极写愁绪之久，无时不有。并且诸种景物迷濛灰暗、苍茫凄迷的特征，它们连用的综合效应，会使本已浓重的愁思更加浓重。因此，沈际飞在《草堂诗馀正集》中评为"真绝唱"。

【作法】《青玉案》，又名《横塘路》《西湖路》《青

莲池上客》。词牌的得名取自汉张衡《四愁诗》："美人赠我
锦绣段，何以报之青玉案。"双调，六十七字，十仄韵。上片
第五句（"琐窗朱户"）也可不用韵；第二句首字宜用去声领
起；第四、第五句宜用对仗。下片亦然。

风入松 春情

[宋] 吴文英

听风听雨过清明，愁草瘗花铭[①]。楼前绿暗分携路，一
〇平〇仄仄平◎　〇仄仄平◎　〇平●仄平平仄　●

丝柳、一寸柔情。料峭春寒中酒[②]，迷离晓梦啼莺。　　西
平●　●仄平◎　●仄〇平●仄　〇平●仄平◎　　〇

园日日扫林亭，依旧赏新晴。黄蜂频扑秋千索，有当时、纤
平●仄仄平◎　〇仄仄平◎　〇平〇仄平平仄　●平〇　〇

手香凝。惆怅双鸳[③]不到，幽阶一夜苔生。
仄平◎　〇仄〇平　●仄　〇平●仄平◎

【赏析】这是一首伤春怀人之词。陈洵在《海绡说词》中
说：此词乃"思去妾"之作。吴文英在苏州仓幕供职时，曾纳
一姬，居"西园"约十年，后离去。

上阕着重写所见所思。"听见听雨过清明，愁草瘗花
铭"，"听"和"过"字显得别有品味，尤其是"听"字两次

---

① 瘗：埋葬。铭：文体的一种。瘗花铭，指葬花辞。南北朝庾信曾写过《瘗花铭》。

② 料峭：指寒风触人肌肤，使人颤抖。中酒：醉酒。

③ 双鸳：鸳鸯履，代指女子的鞋，这里指女子的踪迹。

使用，与"风""雨"结合，很有节奏感。"草"字则极写词人内心的矛盾，想静下来"听"，却又难以抵挡心烦意乱的愁绪的侵袭，还满腹愁绪地拟写了葬花的哀铭。"楼前"二句，由伤春转到伤别，看到昔日的"分携路"，不免触景伤情。看到物，自然也就想到人，那楼前绿荫浓暗的地方就是当年送别与伊人分手的地方，而如今已是人去楼空，那一丝丝柳丝就好像是一寸寸亲情。古人习惯于走到"分携路"处，摘柳而别，那柳丝寄寓着离别的惆怅和对彼此情感的忠贞。此二句情景交融，深刻表达出词人对昔日恋人的无限思念之情。"料峭"二句更是表明了词人内心的无穷惆怅，想借酒消愁，哪知愁更愁，莺啼声惊醒醉梦中的我，那份孤独和寂寞更是难以承受。

下阕承着上阕，直接抒写对昔日恋人的思念。"西园"二句中的"日日"二字，表明无时无刻不在等待那人的归来，而"依旧"二字又显得很无奈，再等也是一场空，这是词人对昔日恋人的一种无力的呼唤。在绝望中词人甚至产生幻觉。"黄蜂"二句，即是幻觉的体现。词人独居西园，孤独失落，竟认为那黄蜂飞扑秋千，是因为当年恋人打秋千时，手上的香泽留在了绳子上，惹得黄蜂不肯离去。末二句急转回到现实中，"双鸳不到"表明此时还是空等着，致使"幽阶一夜苔生"。"一夜"二字深感时光易逝，而恋人离去恍若昨天。

【作法】《风入松》，又名《风入松慢》《远山横》。古琴曲有《风入松》，唐人皎然有《风入松歌》，调名当取此。

双调七十六字，上下片各四平韵。上下片平仄、句式同。

祝英台近 春晚

［宋］辛弃疾

宝钗分①，桃叶渡②，烟柳暗南浦③。怕上层楼，十日
仄平平　　平仄△　○仄仄平△　●仄平平　●仄

九风雨。断肠点点飞红，都无人管，倩④谁唤、流莺声住。
仄平△　●平●○平平　○平○仄　仄 ○仄　○平平△

鬓边觑⑤，试把花卜归期⑥，才簪⑦又重数。罗帐灯昏，哽咽梦
仄平△　●●平仄平平　○仄 仄平△　○仄仄平　●仄仄

中语：是他春带愁来，春归何处？却不解、带将愁去。
平△　●平○仄平平　○平平△　仄●仄　●平平△

【赏析】这是一首闺怨词，写暮春时节，一位女子怀人念
远、惆怅寂寞的相思之情。有人说这首词另有寄托，有香草美
人之意，要表现的是词人抗金收复失地的抱负不得施展的愁闷。

---

① 宝钗分：古人有分钗赠别的习俗。南朝梁陆罩《闺怨》诗："自怜断带日，便恨分
钗时。"唐杜牧《送人》诗："明镜半边钗一股，此生何处不相逢。"

② 桃叶渡：在今江苏南京秦淮河畔，相传晋人王献之在此送别其妾桃叶，故称桃
叶渡。

③ 南浦：泛指送别的水边码头。《楚辞·九歌·河伯》："送美人兮南浦。"南朝梁
江淹《别赋》："送君南浦，伤如之何。"

④ 倩：请别人替自己做事。

⑤ 觑：偷看，斜视。

⑥ 花卜归期：用花的瓣数来预测游人归来的日期。

⑦ 簪：插定发髻或冠的长针，这里作动词用。

如《蓼园词选》云："此必有所托，而借闺怨以抒其志乎！"

上片情景交织，难以区分。首五句写一对情侣在烟雾迷蒙的杨柳岸边分别，情凄意切，以宝钗相赠。分别之后，相思难解，于是登高望远。这本是陷于相思的人常有的举动，可是作者却说思妇"怕上层楼"。"怕上层楼"是因为怕引动离愁的缘故。"十日九风雨"者，刻画思妇伤春惜春的心理，并引出下文。"断肠"四句是写现在是暮春时分，落花流莺，没有人分心去管，只有这位闺中女子经受着断肠的相思。唐代金昌绪有诗云："打起黄莺儿，莫教枝上啼。啼时惊妾梦，不得到辽西。"此处的"倩谁唤、流莺声住"，即是借用此意。

下片写晚上的闺房之内。思妇在枕侧斜倚，把头上的珠花摘下来一瓣一瓣地数，以此来卜问情郎何时能够归来。她数完之后，将珠花刚插在头上，却又匆匆摘下来再数。这一细节，更加突出表现了这位女子思念远方情人的复杂心理。"罗帐"六句以另一细节作结。天已经晚了，思妇孤独一人在昏暗里的闺房内，偷偷地哭泣——看来只能在梦中相见互诉衷肠了。最后借梦呓写女子的埋怨："我的愁是春天带来的，可是春天已经走了，为什么不连它一起带走呢？"这个埋怨不近情理，但是这正是女子相思至苦、愁闷幽怨的真情流露。

【作法】《祝英台近》，又名《月底修箫谱》《祝英台》《祝英台令》《燕莺语》《宝钗分》等。词调是由大家熟知的梁山伯祝英台故事而得名。双调，七十七字，上片四仄韵，下片五仄韵。忌用入声韵部。词中五字句，均作拗句。另有用平声韵体式者。

洞仙歌 夏夜

[宋] 苏轼

冰肌^①玉骨，自清凉无汗。水殿^②风来暗香满。绣帘开、
　○平　●仄　　仄○平平△　　●仄　平平仄平△　仄平平

一点明月窥人，人未寝，欹^③枕钗横鬓乱。　　起来携素手，
●仄平仄平平　平●仄　　○　仄平平仄△　　　●平平仄仄

庭户无声，时见疏星渡河汉。试问夜如何^④，夜已三更，金
○仄平平　○仄平平仄平△　仄仄仄平平　　●仄平平　平

波淡^⑤、玉绳低转^⑥。但屈指、西风几时来，又只恐流年，暗
○仄　　●平○△　　仄仄仄　平平仄平平　仄仄仄平平　仄

中偷换。
平平△

【赏析】此词前原有小引："余七岁时，见眉山（在今
四川）老尼，姓朱，忘其名，年九十余。自言尝随其师入蜀主
孟昶（五代时蜀国后主）宫中。一日，大热，蜀主与花蕊夫人
（孟昶的宠妃）夜纳凉摩诃池（建于隋代，前蜀改称宣华池）
上，作一词。朱具能记之。今四十年，朱已死久矣，人无知此

---

① 冰肌：肌肤像冰雪一样莹洁。《庄子·逍遥游》："藐姑射之山，有神人焉，肌肤若冰雪，绰约若处子。"
② 水殿：筑在摩诃池边的便殿。
③ 欹：同"倚"，斜靠。
④ 夜如何：《诗经·小雅·庭燎》："夜如何其，夜未央。"
⑤ 金波：指月光。《汉书·礼乐志·郊祀歌》："月穆穆以金波。"
⑥ 玉绳：星名，位于北斗星斗柄三星的北面。玉绳低转，表夜深。

词者。但记其首两句。暇日寻味，岂《洞仙歌令》乎？乃为足之云。"此词写暑夜纳凉，对年光流逝婉惜无奈之情。虽写女人体态，却写得既见旖旎风姿，更显出超逸气韵。

上阕实为一幅夏夜消暑图。"冰肌玉骨，自清凉无汗"两句，据其序当为蜀主孟昶的佚词残句，以冰、玉形容美人肌骨之冰莹玉润，不但见其天生丽质，更将夏夜之暑气与人世之俗气一笔排开。"水殿"五句展开想象，用几个细节，勾勒出暑夜花蕊夫人水殿倚枕纳凉之容态。水殿、绣帘、明月，只见夏夜中的清凉，而将"大热"迹象淡化出摩诃池以外，使环境与美人的脱俗协调一致。"暗香"这一朦胧意象，更是兼摄摩诃池荷风之清香与美人冰肌暖玉之体香，写得艳而不俗。"绣帘开"几句，既是从一个特定的角度在朦胧的月光掩映中见出花蕊夫人的美丽风姿，又以想象明月似乎也在偷窥美人，从侧面衬托出美人的绰约多姿。"欹枕钗横鬓乱"一句，美人慵懒娇柔之态如在目前，使前面的烘托渲染落到了实处。

下阕写想象当中携手赏月的蜀主及花蕊夫人相对夜色而生的流年之慨，纯是凭空想象，却情景交融，妙合无垠。"起来"两句写宁静深夜中的君妃同望流星划过银河，以携手月下的爱侣隐对隔河相望的牛郎织女，宁静幸福感中而又隐隐有一丝好景难常的怅惘。"试问"以下，似夜深时喁喁私语的对话，既勾勒出一幅月波淡淡、星斗暗转的深夜景色，又将这一丝幸福中的怅惘若隐若现地传出。似乎既盼着送爽的西风退暑，又伤感流年似水之悲。

纳凉只是平常景象，词人却在此传达出更深的人生况味和哲理思考，从而使境界顿时不同。

【作法】《洞仙歌》，又名《羽仙歌》《洞仙歌令》《洞中仙》等。双调，八十三字，上下片各三仄韵。此调句逗格式多有出入，这里用《词律》标法。前片第二句（"自清凉无汗"）为上一下四句式。第三句及下片第三句最后三字必须用"仄平仄"（"暗香满"与"渡河汉"）。下片第七句第一字（"但"）与第八句第一字（"又"）均为领字，须用去声。又，上片第四句（"绣帘开"句）也常有作五、四句式者。

满江红 金陵怀古

［元］萨都剌

六代①豪华，春去也、更无消息。空怅望，山川形胜，
　●仄　平平　平●仄　●平○△　平仄仄　○平平仄

已非畴昔②。王谢堂前双燕子，乌衣巷口曾相识③。听夜深、
仄平平△　○仄○平平仄仄　○平●仄平平△　●●○

寂寞打孤城，春潮急④。　　　思往事，愁如织。怀故国，空
●仄仄平平　平平△　　　○●仄　平○△　平仄仄　平

----

① 六代：东汉之后，吴、东晋、宋、齐、梁、陈六个政权相继建都于金陵（今江苏南京），史称六代。

② 畴昔：往昔。

③ 王谢二句：唐刘禹锡《乌衣巷》诗："朱雀桥边野草花，乌衣巷口夕阳斜。旧时王谢堂前燕，飞入寻常百姓家。"王谢是东晋时期的名门望族，权势显赫。乌衣巷为王谢两家族聚居的地方，在今南京秦淮河以南。

④ 听夜深三句：唐刘禹锡《石头城》诗："山围故国周遭在，潮打空城寂寞回。淮水东边旧时月，夜深还过女墙来。"

陈迹。但荒烟衰草，乱鸦斜日。玉树歌残秋露冷^①，胭脂井

平△　　仄平平○仄　　仄平平△　　●仄○平平仄仄　　●仄○

坏寒螀泣^②。到如今、只有蒋山青^③，秦淮碧^④。

仄平平△　　●○○　　●仄仄平平　　平平△

【赏析】金陵怀古是诗词之中经常出现的主题，本词侧重于情，格调低沉凄凉。上片写暮春时的景象。首三句揭出宗旨，领起全篇。接下来展开写站在金陵城上，所看到的龙盘虎踞、山川形胜已经远不是六朝时候的了。乌衣巷口的燕子还在，似曾相识，可是早已离开王谢豪族，飞入寻常人家了。只有在夜深人静的时候，听着潮水还在寂寞地拍打金陵孤城。下片转入对暮秋景象的描写。故国不再，空留陈迹，荒烟、衰草、乱鸦、斜日构成一幅萧瑟凄凉的晚秋图画。当年欢快的《玉树后庭花》的歌声已经停息，只剩下秋高露寒，一片萧瑟。胭脂井已经颓败，只有寒蝉哀鸣，尽显悲凉。历史中的一切繁华豪奢都随着时间而湮没了，不变的只有青青的蒋山、碧波粼粼的秦淮河。

　　这首词通篇使用今昔对比的手法，突出江山依然、繁华不再的主题。这是怀古词中常用的手法，但本词运用得更加

---

① 玉树句：南朝陈后主作有《玉树后庭花》，被认为是亡国的哀音。

② 胭脂井：即景阳井，故址在今南京市玄武湖侧。隋兵渡江攻占金陵，陈后主与张丽华、孔贵嫔等藏入井中，后为隋兵所执。

③ 蒋山：即钟山，在今南京市东北。汉末广陵（今江苏扬州）人蒋子文为秣陵尉，追贼至钟山，伤额而死，孙权为其立庙于钟山。因孙权祖父名钟，故改名为蒋山。

④ 秦淮：即秦淮河，长江下游的支流，横贯南京市。

密集、繁复，并且多层次。另外一点需要注意的就是，本词上片写暮春，下片写暮秋。此外，这首词多处运用典故和化用前人成句，自然贴切，了无痕迹，在原句之上又增添了新的意蕴。

【作法】《满江红》，又名《上江红》《念良游》《伤春曲》。此调有平仄韵两体，但宋人较多用仄韵体者。例用入声韵，慷慨激越，多用于抒发豪情壮志。双调，九十三字，上片四仄韵，下片五仄韵。上下片两组七字句，多用对仗。下片开头四句三字句，可两两对仗，亦可一、三，二、四对仗。第五句（"但荒烟衰草"）多用上一下四句式。

水调歌头

［宋］苏轼

丙辰中秋，欢饮达旦，大醉，作此篇，兼怀子由。

明月几时有，把酒问青天。不知天上宫阙，今夕是何
〇仄仄平仄　●仄仄平◎　●平〇仄平仄　〇仄仄平

年①？我欲乘风归去，又恐琼楼玉宇②，高处不胜③寒。起舞弄
◎　●仄平平〇△　●仄平平●▲　〇仄仄平◎　●仄

清影，何似在人间。　　转朱阁，低绮户，照无眠。不应
平仄　〇仄仄平◎　　仄〇仄　〇仄仄　仄平◎　●平

---

① 今夕是何年：古代神话传说，天上只三日，世间已千年。古人认为天上神仙世界年月的编排与人间是不相同的。所以作者有此一问。

② 琼楼玉宇：指月宫。《大业拾遗记》："俄见月规半天，琼楼玉宇灿然。"

③ 不胜：经受不住。④千里句：南朝宋谢庄《月赋》："美人迈兮音尘绝，隔千里兮共明月。"

145

有恨，何事长向别时圆。人有悲欢离合，月有阴晴圆缺，
●仄　平●平仄仄平◎　○仄平平○△　●仄平平○△
此事古难全。但愿人长久，千里共婵娟。
●仄仄平◎　●仄○平仄　○仄仄平◎

【赏析】这首词当作于丙辰（宋神宗熙宁九年，即1076年）中秋，苏轼时任密州知州。密州，即今天的山东诸城。苏轼因为反对王安石变法，被排挤出朝廷，先后担任杭州、密州等地的地方官。写这首词的时候，苏轼已经与他的弟弟苏辙（子由）七年未见了。仕途的坎坷、与亲人的分别，使得这一时期的苏轼生发出摆脱尘世羁绊、超然物外的愿望，同时却又不无留恋，对兄弟骨肉之深情怀念。这就构成了这首词的基调。

上片写中秋赏月，因月而引发出对天上仙境的奇想。起句奇崛异常，化用李白《把酒问月》中"青天有月来几时，我今停杯一问之"的诗意。"不知"两句补足前意，又表现出对明月的赞美和向往之情。接下来写因为向往而"我欲乘风归去"，可是却又转过来担心仙境是否真的胜过人间。天上的"琼楼玉宇"虽然富丽堂皇，美好非凡，但那里高寒难耐，也是不可久居的呀。还不如在人间，月下起舞，对影成三人那么自得其乐。作者在这里既表达了对月宫仙境的向往，同时对尘世也保有些许留恋。这是一种出世和入世矛盾形成的愁闷。

下片写望月怀人，即"兼怀子由"，同时感念人生的离合无常。开首写明月的移动。月光转过走廊，洒进窗子，照着

因愁闷和思念而不得入眠的人。因为作者自己就是这样的"无眠"者，所以接下来索性写思绪，埋怨起月亮为什么总是在亲人分散的时候这么圆，这么亮。这种埋怨是不近情理的，因为月亮的阴晴圆缺与人世的悲欢离合并无关系，它只是一种自然规律罢了。结尾是期盼，也是自我安慰：人世的悲欢离合谁又能控制得了呢，只希望千里相隔的亲人能够共享明月罢了。这是一种豁达心境的体现。

　　整首词背景清丽雄阔，如月光下广袤的清寒世界，天上人间来回驰骋的开阔空间。将此背景与作者愁闷心绪、豁达胸襟相结合，更显出苏词的清丽飘逸、豪迈旷放。

　　【作法】《水调歌头》，又名《江南好》《花犯念奴》《元会曲》《凯歌》《台城游》。据《隋唐嘉话》载，隋炀帝命凿汴河，作《水调歌》。在唐代，《水调》为大曲，凡大曲有"歌头"，此词调可能是截取其首段而成。双调，九十五字，上下片各四平韵两仄韵。平韵前后属同一韵部，仄韵前后属不同韵部。上下片的两仄韵，也可不押。

满庭芳 春游

[宋] 秦观

晓色云开，春随人意，骤雨才过还晴。古台芳榭①，飞
●仄平平　〇平〇仄　仄●平仄平◎　仄平平仄　平

---

　　① 榭：建筑在台上、水上的木屋，以为游观之用。

147

燕蹴①红英。舞困榆钱②自落，秋千外、绿水桥平。东风里，
仄仄　平◎　●仄平平　仄仄　　○○仄　　●平平◎　○平仄

朱门映柳，低按小秦筝③。　　多情，行乐处，珠钿翠盖④，
○平●仄　○仄仄平◎　　　　平◎　平仄仄　平平仄仄

玉辔红缨⑤。渐酒空金榼⑥，花困蓬瀛⑦。豆蔻⑧梢头旧恨，十年
●仄平◎　仄●○平仄　○仄平◎　●仄 ○平仄仄　●○

梦⑨、屈指堪惊。凭栏久，疏烟淡日，寂寞下芜城⑩。
仄　　●仄平◎　平平仄　　○平●仄　●仄仄平◎

【赏析】这是一首回忆昔日冶游生活的词作。词人先是
用很大篇幅描写昔日的欢乐场景，在最后却点明现在的寂寞处
境。前后反差巨大，形成鲜明对比，突出了词人怀往伤怀的情
感，艺术水平极高。

本词结构较特殊。下片"豆蔻梢头"之前的句子，写的都
是昔日的场景。这是一个美丽的暮春时节。晨光驱散了天空的
浮云，骤雨过后的天空再次变得晴朗，让人感到十分惬意。亭

---

① 蹴：踢。
② 榆钱：即榆荚，绿色或白色，成串如钱，因名榆钱。
③ 按：弹奏。秦筝：一种弦乐，多为十六弦。最初盛行于秦国，因名秦筝。
④ 珠钿：嵌珠的花钿。翠盖：用翠羽装饰的车篷。
⑤ 玉辔：用玉装饰的马缰绳。红缨：用红丝制作的马身上用的穗状饰物。
⑥ 榼：盛酒的器皿。
⑦ 蓬瀛：蓬莱和瀛洲，古代传说中的东方仙山。此处指冶游之处。
⑧ 豆蔻：比喻少女。杜牧《赠别》诗："娉娉袅袅十三余，豆蔻梢头二月初。"
⑨ 十年梦：杜牧《遣怀》诗："十年一觉扬州梦，赢得青楼薄幸名。"
⑩ 芜城：指扬州。南朝宋竟陵王在扬州作乱，之后城邑荒芜。鲍照曾作《芜城赋》凭
　　吊，后世因名扬州为芜城。

台楼阁之上，东风习习，落花片片，词人却说是飞燕将春花踢落了。榆钱随风飘舞，铺落一地。此时词人站在墙外，看到春水波涨，快要与小桥齐平了，这正与"骤雨"相照应。河畔的柳树丛中，朱门隐约显现，从园第里面传来美妙的筝声。上阕的描写由景及人，下阕与之紧紧承接，从正面点明这是一处冶游之地。当年包括词人在内的男男女女有乘车的，有骑马的，纷纷来此开怀畅饮，寻欢作乐。"花困蓬瀛"中的"花"，当指青楼妓女。写到这里，春日游玩的欢乐已经到达极致。这时候词人的笔锋一转，如同大梦初醒，跌落现实，为年岁流逝而心惊。刚才大篇幅的冶游欢乐，都是词人凭栏于此的长久回忆，而此时则是：夕阳渐落，暮霭升起，无比凄凉与寂寞。这种今昔对比的结构，是怀往伤怀作品的惯用手法，不过这首词却大胆地让回忆占据大部分篇幅，最终只是寥寥几句点出现实，将这种怀往伤怀的情感交由读者自己去体会，这是一种更加富有艺术感染力的做法。

【作法】《满庭芳》，又名《锁阳台》《满庭霜》《潇湘夜雨》《江南好》等。双调，九十五字，上下片各四平韵。也有用仄韵者，名《转调满庭芳》。上片首两句，多用对仗。下片第三第四句（"珠钿翠盖，玉辔红缨"）。也多用对仗。下片开首两字也可不用韵，连下成五字句。上下片第八句（"东风里""十年梦"）的第一字，虽平仄通用，但仄声只限于用入声，不能用上、去声。

凤凰台上忆吹箫 别情

[宋] 李清照

香冷金猊①，被翻红浪②，起来慵自梳头。任宝奁③尘满，日
○仄平平　●平○仄　●平○仄平◎　仄仄平　平仄　●

上帘钩。生怕离怀别苦，多少事、欲说还休。新来瘦，非干
仄平◎　○仄平平●仄　平●仄　●仄平◎　平平●　平平

病酒，不是悲秋④。　　休休⑤，这回去也，千万遍阳关⑥，也
仄仄　仄仄平◎　　　平◎　仄平仄仄　平●仄平平　●

则难留。念武陵人远⑦，烟锁秦楼⑧。惟有楼前流水，应念我、
仄平◎　仄仄平平仄　○仄平◎　○仄平平○仄　平●仄

终日凝眸。凝眸处，从今又添，一段新愁。
○仄平◎　平平仄　平平又平　仄仄平◎

【赏析】这首词作于北宋末年。李清照的丈夫赵明诚因游
学或出仕，经常去外地，李清照也就只能一次次与他离别。

---

① 金猊：指猊形的香炉。猊：传说中一种狮形的兽。
② 被翻红浪：锦被子乱摊在身上，如同红浪翻卷。
③ 宝奁：精美的梳妆匣。
④ "非干病酒"二红句：意谓今年的消瘦既不是因为饮酒，也不是由于悲秋，只是丈
　　夫的别离所致。
⑤ 休休：算了吧。
⑥ 阳关：即古曲《阳关三叠》。
⑦ 武陵：武陵人，指远行在外的丈夫。陶渊明《桃花源记》中所说误入桃花源的渔
　　夫，即武陵人。
⑧ 秦楼：即凤凰台，传说中萧史与穆公女弄玉吹箫成仙的楼台。此句意谓丈夫远去，
　　剩下自己孤栖于此。

上阕开篇写词人的慵懒之状。"香冷"五句着重写词人的外在形态。香炉已经冷了，睡觉的人辗转反侧，红绫被随之像波浪般起伏；睡不安稳，干脆起来吧。女为悦己者容，而今丈夫既然远去，她也无心梳洗打扮，任它妆奁落尘，管它日上窗户。接下来"生怕"六句点明词人无心梳妆是因为害怕与亲人离别，"生怕"二字是极通俗的语言，却极言其苦，情深意长。多少心事到嘴边却又没说出口，不说则已，一说就更思念远行人。但是不说并不等于不想，正是因为想得太厉害了，才日渐消瘦，并非悲秋，也非饮酒过量。意在言外，不言自明。这个"瘦"字，把自己身体的瘦癯和内心的愁闷都刻画出来了。

下阕直抒胸臆，极言相思之苦。"休休"六句十分哀怨，词人似乎在自言自语地说：算了吧，纵然把《阳关曲》唱上千万遍，也无法将他留在身旁，眼看他渐行渐远，只剩下我独守空房。情深处，欲语还休。结尾"惟有"六句写孤独的她终日里倚栏凝望，然而这凝望只能增添更多的烦愁，却又无处诉说，只有流水知道罢了。此词把青春少妇思念远方情人的情态刻画得非常生动。其慵懒之态、想念之情、哀怨之意，尽现笔端。婉转多姿，引人入胜。

此词感情真切直率，用语浅近，绝无浮词丽句，也没有典故，但其文笔细腻委婉处，如絮絮家语，令人心动神移。

【作法】《凤凰台上忆吹箫》，又名《忆吹箫》。词调的得名取自《列仙传》萧史、弄玉吹箫成仙故事。有九十五字、九十六字、九十七字诸体，自李清照此词出后，填词者多依此调。双调，九十五字，上片十句四平韵，下片十一句五平韵。上片首两句多用对仗句式。下片首句可叶韵，如不叶韵，则连下句成六字句。

暗香 咏红豆

[清]朱彝尊

凝珠吹黍，似早梅乍萼，新桐初乳①。莫是珊瑚，零落
○平平△　仄●平仄仄　平平平△　仄仄平平　平仄

敲残石家树②。记得南中③旧事，金齿屐、小鬟蛮女④。向两
平平仄平△　●仄平平　仄仄　平仄仄　●平平△　仄●

岸、树底盈盈，素手摘新雨。　　延伫，碧云暮⑤。休逗入
仄　仄仄平平　●仄仄平△　　　平△　仄平△　○仄仄

茜裙⑥，欲寻无处。唱歌归去，先向绿窗饲鹦鹉。惆怅檀郎⑦
●平　仄平平△　仄平仄△　平仄●平仄平△　○仄平平

①新桐初乳：桐树所结的子形状如同垂乳，称为桐乳。

②莫是二句：据《世说新语·汰侈》记载，一次晋武帝赐给王恺一株二尺来高的珊瑚树，王恺很得意，向石崇炫耀，石崇却举起铁如意将珊瑚树敲得粉碎。王恺感到很惋惜，不料石崇命家人取出自己收藏的六七株珊瑚树出来，每株都有三四尺高，干条绝世，光彩溢目。王恺"惘然自失"，只好认输。

③南中：泛指南部地区。

④金齿屐：对木屐的美称。小鬟蛮女：指岭南少女。

⑤碧云暮：南朝梁江淹《休上人怨别词》诗云："日暮碧云合，佳人殊未来。"宋贺铸《青玉案》词云："碧云冉冉蘅皋暮，彩笔新题断肠句。"都是怅望怀人的意思。

⑥茜裙：用茜草染成的红裙。

⑦檀郎：西晋文学家潘岳，美姿容，小名檀奴。后世以檀郎称情郎。

路远，待寄与、相思犹阻。烛影下、开玉合，背人偷数。

仄仄　●仄仄　○平平△　仄仄仄　平仄仄　仄平平△

【赏析】这是一首以红豆为题的咏物词，上片赋形，下片言情。红豆又名相思子，产于岭南，形如豌豆，质坚如钻，色艳如血，色泽晶莹而永不褪色。唐代诗人王维咏红豆的诗中说："愿君多采撷，此物最相思。"

上片起首五句以比喻来写红豆的形态。它像凝结而成的晶莹的露珠，又像被吹动的圆圆的黍粒，像刚绽开的红艳梅花，又像一串串倒垂的桐子，更像一粒粒散落的珊瑚珠。这些比喻其实是从不同侧面赋予了红豆圆润、新艳、华美的品格。接下来作者回忆到在南中采摘红豆的旧事：岭南的少女梳着环形发髻，拖着木屐，在清清的水边采摘刚刚经过微雨的红豆。按五代后蜀词人欧阳炯《南乡子》词云："两岸人家微雨后，收红豆，树底纤纤抬素手。"朱彝尊此词"记得"以下几句即从欧词化出；但化用而更精彩，如欧词中是"收红豆"，而朱词却说"摘新雨"，让读者感到新艳照人，产生一种奇幻的效果。下片紧承上片。采摘红豆的少女突然停下，若有所思。此时天色将晚，碧云已暮，正是适合思念生发的时候。红豆滑落入茜红裙下，欲寻无处，其实暗示了女子的所思不见。女子唱着歌归去，调弄鹦鹉，却突然想到远方的情郎，不禁惆怅难抑。古诗词中常以禽鸟写爱情，因而从饲鹦鹉到想念自己的情郎也是很自然的。红豆是表达相思的，可以寄一些给情郎。可是他却离得太远，被山水阻隔着。结尾三句描绘了一个细节：女子只好在烛影下自己偷偷地数红豆以慰相思。"背人偷数",女子娇羞的情态如在目前,反映了恋爱中少女的独特心理。

【作法】《暗香》系宋词人姜夔自度曲,后张炎作咏荷花荷叶词,易名为"红情"。双调,九十七字,上片五仄韵,下片七仄韵。多用入声韵。上片第五字、下片第六字,均为领字,应用去声字。朱词下片第六字"休"字应视作不合律。按朱词平仄与姜夔词多有出入,盖姜词多处以入声字代平声字,如姜词首句"旧时月色",作"仄平仄仄",实际上"月"字是以入作准仄声(介乎平仄之间),非为第三字可用仄声,考吴文英、张炎等宋人词,此处均作平声可悟。此词平仄格律即以吴文英、张炎词订定。

声声慢 秋情

〔宋〕李清照

寻寻觅觅,冷冷清清,凄凄惨惨戚戚。乍暖还寒时候,
平平仄△　　仄仄平平　　平平仄仄仄△　　仄仄平平平仄

最难将息①。三杯两盏淡酒,怎敌他、晚来风急。雁过也,正
仄平平△　　平平仄仄仄　　仄仄平　仄平平△　　仄仄仄　仄

伤心、却是旧时相识。　　满地黄花堆积,憔悴损、而今又
平平　仄仄仄平平△　　　仄仄平平平△　　平仄仄　平平仄

---

① 将息:休息,休养。唐王建《留别张广文》:"千万求方好将息,杏花寒食约同行。"

谁堪摘。守着窗儿，独自怎生得黑。梧桐更兼细雨，到黄
平平△　　仄仄平平　　仄仄仄平仄△　　平平仄平仄仄　仄平

昏、点点滴滴。这次第^①，怎一个愁字了得。
平　仄仄仄△　　仄仄仄　　仄仄仄平仄仄△

【赏析】这首词写于李清照颠沛流离的晚年，是其后期词作的代表篇目。全词写深秋时节的见闻与感受，抒发自己国破家亡、孤寂落寞、悲凉愁苦的心绪。

上片起首用十四个叠字，百感交集，惊心动魄，是历来被广为称道的名句。它无一字用"愁"，却字字含愁，委婉细致地表达了作者深受巨变创痛后的愁苦心情，营造了一种如泣如诉的音韵效果。接下来"乍暖"五句写当时的天气状况，已至深秋，气温骤变，最是让人难以调养身体的时候。这里描写天气状况，其实也是在写作者生活中的巨大变迁与伤痛。南渡之后，作者过着颠沛流离的生活，不久深爱的丈夫又去世了，与丈夫一起搜集的金石资料也大多散佚，真可谓是晚境凄凉。在这凄凉之中，只得借酒消愁。可是这三杯两盏淡酒，怎么能够抵御得了深秋凄凉的晚风呢？这里说"淡酒"，其实并非酒淡，只是作者的愁太浓罢了。"雁过也"三句一笔拓开：在这伤心时刻抬眼望天，却看到了旧时相识的大雁。这大雁曾经为作者传过书信，曾经承载着作者的爱恋和希望，可是这时一切都已经不在了。正所谓"物是人非事事休"，家破人亡，孤苦

---

① 这次第：这种种情形，这种种光景。

飘零，见到旧时相识的大雁则令人更觉悲凉伤感。

下片由远及近，转入对眼前深秋景象的具体描写，进一步抒发作者的愁苦之情。起首三句由景入情，情景交融。作者是爱花的，可是如今山河破碎，丈夫丧亡，早已经不是年轻时候的富贵闲适生活，哪里还会有折花的兴致呢？"守着"以下直接展作者的家居生活。自己坐在窗前，看着这满地的黄花，内心充满哀愁，只觉得时光难挨，何时才能熬到天黑呀！快到黄昏的时候，深秋的雨水打在梧桐叶上，发出响亮的滴滴答答的声音。这响亮的滴答声，更加衬托出此时的寂静凄凉，也更感人地表现了作者的寂寞哀愁。在此时此景之中，作者的心中饱含着家国之痛、身世之悲以及触景生情的种种心绪，这是一个愁字所远远表达不了的。

【作法】《声声慢》又名《胜胜慢》《人在楼上》《凤求凰》等，有平仄两体，其字数、平仄、句逗出入甚大。而李清照所作"寻寻觅觅"一首，历来非填词家所习用，其中多有以入声字代平声字处，《词律》云："人若不及其才，而故学其笔，则未免类狗矣。"其戒之也如此。所以此处所标平仄悉依李词，不标可平可仄，句逗则依龙榆生《唐宋词格律》。九十七字，上下两片各五仄韵。今再将平仄韵《声声慢》九十七字八韵通用之体举例如下：

声声慢（平韵格）

[宋] 吴文英

云深山坞，烟冷江皋，人生未易相逢。一笑灯前，钗
○平○仄　○仄平平　平○●仄平◎　●仄平平　平

行两两春容。清芳夜争真态，引生香、撩乱东风。探花手，
○●仄平◎　平平仄○○仄　仄○平　仄仄平◎　○○仄

与安排金屋，懊恼司空。　　憔悴欹翘委佩，恨玉奴消瘦，
仄平平○仄　●仄平◎　　○仄平平●仄　仄●平○仄

飞趁轻鸿。试问知心，尊前谁最情浓。连呼紫云伴醉，小
○仄平◎　●仄平平　平○○仄平◎　平平仄平●仄　仄

丁香、才吐微红。还解语，待携归、行雨梦中。
○平　平仄平◎　平仄仄　仄平平　平仄仄◎

声声慢（仄韵格）

[宋] 高观国

壶天不夜，宝炬生香，光风荡摇金碧。月滟水痕，花
平平●仄　仄仄平平　平平仄平平△　●仄●平　平

外峭寒无力。歌传翠帘尽卷，误惊回、瑶台仙迹。禁漏仄
仄仄平平△　平平仄平●仄　仄平平　○平平△　仄仄仄

促，拌千金一刻，未酬佳夕。　　卷地香尘不断，最得意、
仄　仄平平●仄　○平平△　　仄仄平平●仄　●●●

输他五陵狂客。楚柳吴梅，无限眼边春色。鲛绡暗中寄与，
●○仄平平△　●仄平平　平仄仄平平△　平平仄平●仄

待重寻、行云消息。乍醉醒，怕南楼、吹断晓笛。
仄平平　○平平△　仄仄仄　平平平　平仄仄△

念奴娇 石头城

［元］萨都剌

石头城①上，望天低吴楚，眼空无物。指点六朝②形胜地，
●平○仄　仄○平仄　●平平△　●仄●平　平仄仄

惟有青山如壁。蔽日旌旗，连云樯橹，白骨纷如雪。一江
○仄○平平△　○仄平平　○平○仄　●仄平平△　●平

南北，消磨多少豪杰。　　寂寞避暑离宫③，东风辇路④，芳
○仄　○平平仄平△　　　●仄●仄平平　　○平●仄　○

草年年发。落日无人松径冷，鬼火⑤高低明灭。歌舞尊前，
仄平平△　●仄○平平仄仄　仄仄　○平平△　○仄平平

繁华镜里，暗换青青发。伤心千古，秦淮一片明月。
○平●仄　●仄平平△　○平平●　○平仄仄平△

---

① 石头城：在今南京，三国孙吴在清凉山筑城戍守，称石头城。后人也每以石头城指
　建业。
② 六朝：东汉之后，吴、东晋、宋、齐、梁、陈六个政权相继建都于金陵，史称六朝。
③ 离宫：帝王出巡时居住的宫室。南唐将石头山改名清凉山，作为皇帝避暑的地方，
　建清凉寺。
④ 辇路：天子车驾所经的道路。
⑤ 鬼火：夜晚时在墓地或郊野出现的浓绿色磷光。

【赏析】元文宗时，萨都剌曾经出任江南诸道行御史台掾吏，写了几首关于金陵名胜的诗词，此词当为其中之一。这首词通过对眼前宏阔景物的描绘，抒发了登高怀古之情。

上片一开始三句就给人一种宏大的景象，站在石头城上极目远眺，居高临下一片苍茫，空阔无物。接下来"指点"开始引入历史的纵深：向那六朝形胜之地看去，苍苍茫茫，浑然无迹，只有壁立的青山呈现静默的苍翠。想当年，遮天蔽日的战旗、樯橹高耸的战船，云集于此，相互厮杀。白骨纷纷，流血漂杵，在不断的战争中，不知道有多少英雄豪杰丧命于此，使六朝繁华消磨殆尽。

下片从"眼空无物"生发。重点写石头城上的避暑离宫。这里早就没有皇帝来居住，只剩下一片荒寂了。东风在皇帝车驾所经的路上吹过，每年的这个时候都是芳草萋萋，可是再无当年的豪华车队了。落日西下，松林间的小径上空无一人，又看见树林间的鬼火高低明灭，不由得让人感到些许寒意。接着作者以哲人的睿思总结兴亡替代与人生的意义：繁华豪奢只不过是镜花水月，过眼云烟，到头来倒是消磨了岁月，虚度了年华，在歌舞繁华中渐渐衰老。只有那秦淮之上的一片明月见证了这一切。

这首词有一点需要特别注意的是，它的用韵完全是沿用苏轼《念奴娇·赤壁怀古》的原韵，却毫无生涩凑韵之感，由此可见作者的词学功力。

【作法】念奴是唐玄宗时代歌女名。每年京都长安举行君臣宴乐时，万众喧腾，无法禁止，唐玄宗命念奴唱歌压场（见唐元稹《连昌宫词》自注）。念奴每执歌板唱歌，声出朝霞之上。词调得名本此。此词又有《百字令》《壶中天》《湘月》《大江东去》《酹江月》《壶中天慢》等多达二十余种别名，有仄韵格、平韵格等多体。今一般多用仄韵格，以苏轼词"凭高眺远"为正体（与萨都剌此词体式同）。双调，一百字，上下片各四仄韵。上片结句，苏词作"望中烟树历历"，前一"历"字作可平可仄处理。但核宋人所作《念奴娇》，此处一般作平声。《钦定词谱》云："本词前结中上'历'字，亦是以入替平，者勿混用上去声字。"也就是说此处只能用入声字，一般应作平声字，而非可平可仄。又，自苏轼作《念奴娇》"大江东去"后，后人也多有照他的格式填的。苏词句式与此有较多出入，为备一格，今将苏词抄录于下（可平可仄处与前调大体相同，不标明）。

念奴娇 赤壁怀古

大江东去①，浪淘尽、千古风流人物②。故垒西边③，人道
仄平平仄　　仄平仄、平仄平平平△　　仄仄平平　　平仄

是、三国周郎赤壁④。乱石穿空，惊涛拍岸，卷起千堆雪。
仄、平仄平平仄△　　仄仄平平　　平平仄仄　　仄仄平平△

江山如画，一时多少豪杰。　　遥想公瑾当年，小乔初嫁⑤
平平平仄　　仄平平仄平△　　　　平仄平仄平平　　仄平平仄

---

① 大江：指长江。

② 淘：淘汰。风流人物：指出色的英雄人物。

③ 故垒：古人的营垒。

④ 人道是：意谓据人们讲。周郎：周瑜，字公瑾，赤壁之战时的吴军主将。

⑤ 小乔：乔公的幼女，嫁给了周瑜。

了，雄姿英发^①。羽扇纶巾^②，谈笑处、樯橹^③灰飞烟灭。故国^④
仄　平平平△　　仄仄平平　　平仄仄　平仄 平平平△　仄仄

神游，多情应笑我，早生华发^⑤。人间如梦，一尊还酹^⑥江月。
平平　平平平仄仄　仄平平△　　平平平仄　仄平平仄平△

【赏析】这首词为苏轼的代表作，也是北宋词坛上最引人注目的作品之一，堪称千古绝唱。宋神宗元丰五年（1082）七月，苏轼因诗文讽喻新法，被贬谪到黄州。此词即是他游赏黄冈城外的赤壁矶时而作。

上阕侧重写景。开篇三句从滚滚东流的长江着笔，用"浪淘尽"将浩荡大江与千古人物联系起来，布置了一个极为广泛而悠久的空间时间背景，气魄极大，笔力超凡。面对眼前恢宏奇伟的江山景色，词人不禁联想到曾经发生的赤壁鏖战。紧接着"故垒"两句，点出这里是传说中的赤壁战场。当年周瑜以弱胜强大败曹兵的赤壁之战的所在地向来各说不一，苏轼在此不过是借景怀古而已。可见"人道是"下得极有分寸，而"周郎赤壁"也契合词题，并为下阕缅怀公瑾埋下伏笔。接下来"乱石"三句，集中描绘赤壁风景：陡峭的山崖高插云霄，汹涌的骇浪搏击着江岸，翻滚的江流卷起万千堆澎湃的雪浪。歇拍二句，总结上文，

① 英发：指见识卓越，谈吐不凡。

② 羽扇纶巾：鸟羽做的扇和丝带做的头巾，三国六朝时期儒将常有的打扮。

③ 樯橹：指曹操率领的水军。樯：桅杆。橹：桨。

④ 故国：旧地。此指赤壁古战场。

⑤ 华发：花白的头发。

⑥ 酹：以酒浇地表示祭奠。

161

带起下阕。"江山如画",这种冲口而出的精绝赞美,是作者和读者从前面艺术地摹写大自然的壮丽画卷中自然获得的感悟。如此多娇的锦绣山河,怎不孕育和吸引无数英雄。三国正是"风流人物"辈出的时代,真是"一时多少豪杰"。

下阕由"遥想"领起,用五句集中笔力塑带卓荦不凡的青年将领周瑜,表达对前贤的追慕。词人在历史事实的基础上,经过艺术的提炼和加工,将周瑜的雄才伟略风流儒雅刻画得栩栩如生。尤其是在写赤壁之战前,忽插入"小乔初嫁了"这一生活细节,以妙龄美人辉映英雄将军,更显出周瑜的丰姿潇洒,韶华似锦,年轻有为。"雄姿英发""羽扇纶巾"是从肖像仪表描写周瑜束装儒雅,风度翩翩。"谈笑间、樯橹灰飞烟来",抓住火攻水战的特点,精当地概括了整个战争场景。词人仅以"灰飞烟灰"四字,就将曹军的惨败情景形容殆尽,这是何等的气势!接下来,"故国神游"后猛跌入现实,联系自己的遭际:仕路蹭蹬,壮怀难酬,白发早生,功名未就。因而顿生感慨,发出自笑多情、光阴虚掷的叹惋。"人间如梦,一尊还酹江月",结语看似消极,实是作者的自解自慰,可谓慷慨豪迈之情归于潇洒旷达之语,言近而意远,耐人寻味。

桂枝香 金陵怀古

［宋］王安石

登临纵目，正故国^①晚秋，天气初肃^②。千里澄江似练^③，
平平仄△　仄仄仄　●平　平仄平△　〇仄平平●仄

翠峰如簇^④。征帆去棹残阳里，背西风、酒旗斜矗^⑤。彩舟云
仄平平△　〇平●仄平平仄　仄平平　●平平△　仄平平

淡，星河鹭起^⑥，画图难足^⑦。　　念往昔、豪华竞逐。叹门
仄　〇平●仄　仄平平△　　仄仄仄　平平仄△　仄〇

外楼头^⑧，悲恨相续。千古凭高对此，漫嗟荣辱。六朝旧事
仄平平　平仄平△　〇仄平平●仄　仄平平△　●平●仄

随流水，但寒烟、衰草凝绿。至今商女，时时犹唱，《后
平平仄　仄平平　〇仄平△　仄平平仄　〇平〇仄　　仄

庭》遗曲^⑨。
平　平△

---

① 故国：指金陵（今江苏南京市）。金陵曾为东吴、东晋、宋、齐、梁、陈六朝都
　　城，故称。
② 肃：肃爽，形容深秋天高气爽。
③ 澄江似练：长江水色澄澈，远远望去，像一匹伸展开的白绢。谢朓《晚登三山还望
　　京邑》有"余霞散成绮，澄江静如练"的诗句。
④ 簇：同"镞"，箭头。此形容远山林立。
⑤ 斜矗：犹言斜插。
⑥ 星河：银河。此指浩渺的长江。鹭：一种水鸟。南京市西南长江口有白鹭洲，洲上
　　白鹭群生。这句是说，远远望去，白鹭洲上的白鹭纷纷起舞，仿佛在银河上飞翔。
⑦ 难足：难以完全表达出来。
⑧ 门外楼头：指陈为隋灭。语出杜牧《台城曲》诗："门外韩擒虎，楼头张丽华。"
　　门，指朱雀门。楼，指结绮阁，陈叔宝宠妃张丽华的居所。
⑨ 后庭遗曲：指陈叔宝所作《玉树后庭花》。

【赏析】此为一首托古讽今之作。作品通过对金陵故都景色的描绘和历史兴衰的慨叹，抒发作者的现实政治热情和鲜明的政治倾向。

上阕描绘金陵古都在深秋季节肃爽壮丽的景色。先写远景。"登临送目"三句，点明时间、季候、地点。"千里"二句由江而山，尽展江山壮丽胜景。此二句虽写山水的秋色，却没有萧瑟之感，澄澈、峭拔，充满生机与气势。此为远景。"征帆"三句是近景，目光渐收。残阳衬征帆，西风衬酒旗，贴切而生动。"酒旗斜矗"以点带面，写出金陵之繁荣。"彩舟云淡"三句再次由近及远，凸显故都超凡脱俗的壮丽之美。"星河鹭起"静景活写，为画面平添生命活力。"画图难足"直抒胸臆，并为下文怀古讽今作好铺垫。

下阕怀古讽今。"念往昔"四句，追忆六朝盛衰往事，以"念"字总领。"繁华竞逐"乃"悲恨相续"之因，而"门外楼头"便是六朝盛衰因果更迭的典型例证。"千古凭高"四句紧承上句文章，写后世凭吊遗迹，空叹前世盛衰，而不吸取教训。六朝兴亡旧事已随长江之水东流去，"但寒烟、衰草凝绿"。收尾二句化用杜牧诗句，意在警醒时政。

此词立意高远，结构谨严完整，不但是王安石词作代表，也是怀古讽今作品的代表。用字的精炼，用典的妥帖，怀古与讽今不露痕迹的结合，写景与抒情的转换、映衬，均堪称绝唱。杨湜在《景定建康志》中引《古今词话》云："金陵怀古，诸公寄调《桂枝香》者，三十余家，惟王介甫为绝唱。东坡见之，叹曰：'此老乃野狐精也。'"

【作法】《桂枝香》，又名《疏帘淡月》。有九十九字、一百字、一百零一字等数体。王安石此词一百零一字，上下片各五仄韵。后人填《桂枝香》多依王词为准，然于平仄处，略有出入。如上片"天气初肃"句，有作"仄平平仄"者，也有作"平平平仄"或"平平仄仄"者，但较多的仍依王词作"平仄平仄"。下片"悲恨相续"情况与此同。又如下片"念往昔"三字，有作"仄平平""仄平仄""平平仄"者，但以作"仄仄仄"为多。又上下片之第二句"正故国晚秋"之"正"字、"叹门外楼头"之"叹"字，均应作去声。此词宜用入声韵部。《词律·校刊》云："准此调旧谱分南北词，如用入声韵，则名《桂枝香》；用去上声韵，始可名《疏帘淡月》。"

水龙吟 白莲

［宋］张炎

仙人掌上芙蓉，涓涓犹滴金盘露①。轻妆照水，纤裳玉
〇平●仄平平　〇平〇仄平平△　〇平●仄　〇平●
立，飘飘似舞。几度消凝②，满湖烟月，一汀鸥鹭。记小舟
仄　〇平●△　●仄平平　〇平●仄　●平平△　仄●平
夜悄，波明香远，浑③不见，花开处。　　应是浣纱人妒④，

---

① 仙人二句：《汉武故事》《三辅故事》等记载，汉武帝为了求仙，制作铜露盘承接
　天露，调和玉屑饮用。班固《西都赋》将铜露盘美称为"仙掌"，即仙人掌。
② 消凝：销魂。
③ 浑：全，简直。
④ 浣纱人：指西施。西施没有被送到吴国前，在家乡越地浣纱。

●仄　〇平〇仄　平　●仄　平平△　　　〇仄●平〇△

褪红衣、被谁轻误。闲情淡雅，冶姿清润，凭娇待语^①。隔

仄平平　●平平△　〇平●仄　●平〇仄　〇平●●　●

浦相逢，偶然倾盖，似传心素^②。怕湘皋珮解^③，绿云十里，

仄平平　●平〇仄　●平平△　仄平平仄仄　●平仄仄

卷西风去。

仄平平△

【赏析】这是一首以白莲为对象的很有特色的咏物词。上片开头两句即营造高洁典雅的氛围，将白莲塑造为一个仙子形象。这位仙子站在仙人掌上，涓涓滴露。接下来视角转移，以仙子形态写白莲临水的绰约风姿。接下来"几度"七句另拓词境，由正面写白莲转入写词人自己。他曾经数度徘徊在湖边，久久地凝视着湖面上月光笼罩，烟水朦胧，凝视着芦苇满汀，鸥鹭栖宿。他也曾荡舟于湖中，月光在湖面的波纹中跳跃，幽香袭来，却在烟水迷蒙之中看不清白莲究竟在何处。这一段描写呈现了一个清幽朦胧的仙境，突出表现了白莲的高洁典雅。

下片是作者的想象，将素雅高洁的白莲拟人化。"应是"六句写就连美女西施也心生嫉妒，把它红色的衣裳洗去了。白莲只得以素颜对人，但比起俗艳的红莲来，显得更加清润淡雅。白莲娇滴滴的，像要说话一样，让人怜惜不已。接下来

① 凭娇待语：唐李白《渌水曲》有诗句："荷花娇欲语，愁杀荡舟人。"

② 心素：心事，衷肠。

③ 湘皋珮解：西汉刘向《列仙传》载，江妃二女游于江滨，遇见郑交甫，遂解佩相赠。这里比喻白莲花落。

"隔浦"三句写自己对白莲知己的渴慕。"倾盖"一语见于《孔子家语》，孔子往郯县，在路上遇见郯子，倾盖而语。盖，指车盖。荷叶又称翠盖。故此处"倾盖"，贴切而又双关。作者说"隔浦相逢，偶然倾盖"，是要表达对白莲的爱恋倾慕。最后三句写作者对白莲将来的忧虑，西风一起，白莲凋零，只会剩下绿云似的荷叶了，表达了对白莲的怜惜之意。下片将白莲拟人化，写得富有感情，并且将作者自己也融入进去，可谓想象奇特。

【作法】《水龙吟》，又名《庄椿岁》《海天阔处》《小楼连苑》《龙吟曲》《丰年瑞》等。词体众多，字数不一，《词谱》以苏轼词七字起句式"霜寒烟冷蒹葭老"及秦观词六字起句式"小楼连苑横空"为正格。张炎此词格式同秦词，但结尾处"怕湘皋珮解，绿云千里"两句，秦词作"三六"式一句。词一百零二字，上片五十二字四仄韵，下片五十字五仄韵。下片首句也可不叶韵。第九句（"记小舟夜悄"）第一字为领格，宜用去声。结句（"卷西风去"）多用"一三"句式，如"是离人泪"（苏轼），"搵英雄泪"（辛弃疾），"向栏边醉"（曹组）等。兹将七字起句式示例如下：

水龙吟

［宋］苏轼

霜寒烟冷蒹葭老，天外征鸿嘹唳。银河秋晚，长门灯
平平平仄平平仄　平仄平平平△　平平平仄　平平平

悄，一声初至。应念潇湘，岸遥人静，水多菰米。乍望极
仄　　仄平平△　平仄平平　仄平平仄　仄平平△　仄仄仄

平田，徘徊欲下，依前被、风惊起。　　　须信衡阳万里。
平平　　平平仄仄　平平仄、平平△　　　平仄平平仄△

有谁家、锦书遥寄。万重云外，斜行横阵，才疏又缀。仙
仄平平、仄平平△　仄平平仄　平平平仄　平平仄△　平

掌月明，石头城下，影摇寒水。念征衣未捣，佳人拂杵，
仄仄平　仄平平仄　仄平平△　仄平平仄仄　平平仄仄

有盈盈泪。
仄平平△

齐天乐 蟋蟀

［宋］姜夔

庾郎①先自吟愁赋，凄凄更闻私语。露湿铜铺②，苔侵石
仄平　○仄平平△　平平仄平平△　仄仄平平　平平仄

井，都是曾听伊处。哀音似诉。正思妇无眠，起寻机杼。曲曲
仄　○仄平平平△　平平仄△　仄○仄平平　仄平平△　仄仄

屏山，夜凉独自甚情绪。　　　西窗又吹暗雨。为谁频断续，
平平　仄平●仄仄平△　　　平平仄平仄△　仄平平仄仄

---

① 庾郎：庾信，六朝时的辞赋家，曾著有《愁赋》，但今本庾集不载。
② 铜铺：铜制的螺形装饰，装在门上用来衔托门环。

相和砧杵①。候馆②吟秋，离宫③吊月，别有伤心无数。豳诗漫

〇平平△　　仄仄　平平　平平　仄仄　　●仄平平平△　平平仄

与④，笑篱落呼灯，世间儿女。写入琴丝⑤，一声声最苦。

△　　仄〇仄平平　仄平平△　　仄仄平平　　仄平平仄△

【赏析】本篇是白石有名的咏物词，作于宋宁宗庆元二年（1196）。当时南宋小朝廷偏安一隅，无心收复失地，朝政日益动荡。这一年秋天作者与抗金名将张俊的曾孙张镃在南京都城会饮，感于时事，吟咏庾信的《愁赋》，不禁触动情怀，引发黍离之悲。于是便以蟋蟀为题，吟咏愁怀，以排遣心中的苦闷心情。

上片开头先点"愁"字。庾信的《愁赋》，咏物与咏怀结合，生活细节与历史传说结合，含蕴十分丰富，而情思尽归凄凉。接下来写蟋蟀的哀鸣。这声音在房门之下的墙边，在井台旁边的草丛里，都曾听到过。这哀鸣也勾起了思妇的伤心，于是起来寻找机杼。

下片换头最妙："西窗又吹暗雨。"以环境氛围烘托鸣声凄切，以雨声状蟋蟀啼鸣，和捣衣声相合，引起客中游子悲秋和后宫女子吊月伤怀。"伤心无数"云云，意蕴深沉，应该说

①砧杵：捣衣所用的石板和棒槌。

②候馆：客店。

③离宫：皇帝出行时居住的别墅。

④豳诗：《诗经·豳风·七月》："七月在野，八月在宇，九月在户，十月蟋蟀入我床下。"漫与：即景赋诗。

⑤写入琴丝：作者自注云："宣政间（徽宗政和、宣和年间，1111年~1125年），有士大夫制《蟋蟀吟》。"

涵盖了靖康之变和靖康之变后的世事引发的无限愁闷与感伤，当然也包括词人个人的痛苦。结尾一笔拓开，写不懂事的小孩打着灯笼在墙篱之下寻找蟋蟀，他们笑着、闹着，全然不知蟋蟀的叫声是多么让人愁闷。词用小儿女们的欢乐衬托作者的愁闷与感伤，于是写出词来，是"一声声最苦"。

【作法】《齐天乐》，又名《台城路》《如此江山》《五福降中天》《五福丽中天》。一百零二字，上下片均六仄韵；亦有上下片第一句不用韵的，即上下片均五仄韵。另外尚有一百字、一百零三字、一百零四字等体式。此调平仄要求甚严。"似诉""漫与""最苦"处，宋人多用去上两声搭配。"正思妇无眠"与"笑篱落呼灯"之"正"字、"笑"字为领字，例用去声。"西窗又吹暗雨"一句，有用"平平平仄仄仄"或"平平平平仄仄""平仄平仄仄仄"者，其中以"平平平仄仄仄"为多。

雨霖铃 秋别

［宋］柳永

寒蝉凄切^①，对长亭晚^②，骤雨初歇。都门帐饮无绪^③，方
平平〇△　　仄平平仄　　仄仄平△　　平平●●平仄　平

---

① 寒蝉：似蝉而小，又名寒蜩、寒螿。入秋始鸣。
② 长亭：古时驿道上十里一长亭，五里一短亭，是行人休息或送别之处。
③ 都门帐饮：在京城郊外，设置帐幕宴饮送行。都门：京城门。

留恋处，兰舟催发①。执手相看泪眼，竟无语凝噎②。念去去、
平仄仄　平平平△　仄仄平平●仄　仄平●平△　仄仄仄

千里烟波，暮霭沉沉楚天阔③。　　多情自古伤离别，更那
平仄平平　仄仄平平仄平△　　○平仄仄平平△　仄平

堪、冷落清秋节。今宵酒醒何处，杨柳岸、晓风残月。此
平　仄仄平平△　平平仄●平仄　○仄仄　仄平平△　仄

去经年④，应是良辰好景虚设。便纵有、千种风情⑤，更与何
仄平平　平仄平平仄●平△　仄仄仄　○仄平平　仄仄平

人说。
平△

【赏析】此词是柳永的代表作，造语明快而情意缠绵，以冷落的秋景作为衬托来表达恋人间难以割舍的离情。

上阕起首三句点明送别的场景：在秋风阵阵，蝉鸣凄切的傍晚，潇潇雨歇之后，于长亭告别自己心爱的人。作者有意捕捉冷落的秋景来酝酿一种足以打动人心的、充满离情别绪的环境气氛。"都门"三句写离别情形，"无绪"表明心绪错乱不安。"催"字勾出情侣被迫分离之状。正在留恋难舍之时，不解人意的舟子在催促出发了。"执手"两句刻画细节，不仅写出了分手的情侣当时的情状，而且暗示了他们极其复杂微妙

---

① 兰舟：泛指质地精良的船只。

② 凝噎：喉咙里像是塞住，说不出话来。一作"凝咽"。

③ 楚天：古时楚国占有今鄂、湘、江、浙一带，这里泛指南方的天空。

④ 经年：年复一年。

⑤ 风情：情意，深情密意。

的内心活动。离别在即，本来有千言万语，却不知从何说起，便愈见心情的"无绪"，也愈见彼此情意的深切。接下来用一"念"字领起，急转直下，引出了对别后情景的设想。"烟波"以"千里"形容，"暮霭"以"沉沉"形容，"楚天"以"阔"形容，都可说是情中之景。作者用融情入景、烘托点染的手法，达到了一般抒情语言所不能达到的艺术效果。

下阕宕开一笔，泛说离愁别恨，自古皆然。紧接着便转至眼前，自己在这冷落的清秋时节和恋人别离，内心的悲愁更甚。"今宵"两句，属虚景实写，是宋词中传婉约之神的千古名句。设想今宵酒醒时，已不知在何处了，杨柳、晓风、残月成了引发离人伤感的物象。"此去"四句，从别后长年落寞，相会难期到无人可说风情，既照应前文，又总结全词。词意回环往复，言有尽而情意无穷。可谓"余恨无穷，余味无尽"（唐圭璋《唐宋词简释》）。

坎坷的人生使作者对别离的痛苦有着深切的体会，再加上他擅于运用白描和铺叙的手法，"状难状之景，述难述之情"（冯煦《宋六十一家词选例言》）。因而本词具有一种内在的感染性，极具艺术魅力。

【作法】《雨霖铃》，又名《雨淋铃》《雨霖铃慢》。《填词名解》云："《雨霖铃》，玄宗幸蜀，道出斜川梓潼县，霖雨弥日。栈道中闻铃声，帝方悼念贵妃，采其声为《雨霖铃》曲以寄恨。时梨园弟子张野狐善觱篥（一种管乐器），因吹之，遂传于世。"柳词此调一百零三字，上下片各五仄韵。多用入声韵。上片第二句（"对长亭晚"）、第五句（"方留恋处"）是"一三"句式："竟无语凝噎"是"一四"句式，"竟"字处宜用去声。又"此去经年，应是良辰好景虚设"处，也有采用"四四四"句式的。

永遇乐 绿阴

[宋] 蒋捷

清逼池亭，润侵山阁，云气凝聚。未有蝉前，已无蝶
平仄平平　●平平仄　平仄平△　仄仄平平　●平●

后，花事随流水。西园支径，今朝重到，半碍醉筇吟袂①。
仄　○仄平○△　○平○仄　平平○仄　●仄仄平平△

除非是、莺身瘦小，暗中引雏穿去。　　梅檐溜滴，风来
○平●　平平●仄　仄平仄○平△　　　平平仄仄　平平

吹断，放得斜阳一缕。玉子敲枰②，香绡落剪，声度深几
平仄　●仄○平●△　仄仄平平　○平●仄　○仄平●

许。层层离恨，凄迷如此，点破漫烦轻絮。应难认、争春
△　○平○仄　平平○仄　○仄仄平平△　○平●　平平

旧馆，倚红杏处。
●仄　仄平仄△

【赏析】这首词写词人在西园故地重游，回忆旧事，感慨万千。

① 筇：产于四川筇山的一种竹子，可做手杖。袂：衣袖。
② 玉子：棋子的美称。枰：棋盘。

上片三句首先写环境背景。画卷展开，池亭、山阁和云气，词人使用了"清""润"和"凝"等字眼，突出了西园的清幽。其次，词人交代故地重游的时间，正是春末夏初，无花无蝉，只有绿树浓荫的时节，其特点当然还是清幽。接下来，描写从大环境转入绿荫。这里的树林茂密，绿树成荫，总是牵衣扯袂，妨碍着词人行走。这其实是对树林中清幽环境的再一次强调，也是词人诗情的流露。在这浓荫之中，只有瘦小的黄莺可以轻快地穿梭啼鸣。这当然是夸饰之词，然而也更加衬托出树林的清幽。

下片将视线聚集到浓荫深处的一座旧馆，这里大概缊结着词人太多的回忆。屋檐之上清水滴落，被林间拂来的清风吹断；斜阳返照入旧馆，洒下一缕金色的光。紧接着，词人的描写便跟随这一缕斜阳进入了旧馆之内，词境也进入尘封的旧事。当年词人与一位女子在这座旧馆之中弈棋，因为棋下得久了，女子起身挽着纱袖将炉香灰烬剪落：弈棋敲子和剪落香灰的声音，这时想来还十分清晰，犹在耳畔。可是后来两人就天各一方，空余离恨罢了；往事已随风而去，犹如濛濛的杨花飞絮。即使是那位女子再来到这里，恐怕也很难认得出这一片浓荫和这一座旧馆了吧。结尾之处"应难认"是不定之词，表达了一种难以捉摸的深情，有对清幽的喜爱，有对往事的眷恋，也有对美好往事永远消逝的感叹和释然。

这首词的一大特色是写法别致，叙述繁杂而不乱，从环境背景到林中小路，到旧馆，到回忆，到感情的抒发，层层推进，自然绵密，其中运用大量勾连照应，使整首词成为一个立体的、有深度的文字有机体。从这个层面上来说，这是一首不可多得的好词。

【作法】《永遇乐》，有平仄韵两体。仄韵体者，又名。《消息》。一百零四字，上下片各四仄韵。上片"除非是"处，下片"应难认"处，也可作"仄平平"。下片"放得斜阳一缕"之"一"字处，查宋人作词于此处非平声则为入声字，可知也是以入代平。

疏影 梅影

［宋］张炎

黄昏片月，似满地碎阴，还更清绝。枝北枝南，疑有
平平仄△　仄仄●仄○　平仄平△　○仄平平　平仄

疑无，几度背灯难折。依稀倩女离魂处①，缓步出、前村时
平平　●●仄○平△　平平仄仄平平仄　仄仄仄　平平平

节②。看夜深、竹外横斜，应妒过云明灭。　　窥镜蛾眉淡
△　仄仄平　仄仄平平　○仄仄平平△　　　平仄平平仄

扫，为容不在貌，独抱孤洁③。莫是花光④，描取春痕，不怕
仄　仄平仄仄仄　仄仄平△　仄仄平平　仄仄平平　仄仄

---

① 倩女离魂：唐陈玄佑小说《离魂记》中的故事。衡州张镒的女儿倩娘与张镒的外甥王宙相爱，后来张镒将女儿配与他人，王宙含恨而去。倩娘的魂魄在夜间离开身体，追到王宙所乘的船上，同往蜀中。五年之后，两人同回张家。在家卧病五年的倩娘闻声赶出，于是身体与魂魄重新合为一体。
② 前村：五代齐已《早梅》诗："前村深雪里，昨夜一枝开。"
③ 为容句：唐杜荀鹤《春宫怨》诗："承恩不在貌，教妾若为容。"
④ 花光：据《冷斋夜话》记载，宋衡州有花光山，长老僧仲仁善画梅。

丽谯吹彻^①。还惊海上燃犀处^②，照水底、珊瑚凝冶。做弄得、

●平平△　　平平仄仄平平仄　　仄仄仄　○平平△　仄仄●

酒醒天寒，空对一庭春雪。

●仄平平　○仄仄平平△

【赏析】这是一首借吟咏梅影而有所寄托的词作。俗语云：梅花难写是精神。梅花傲雪斗霜，凌寒独放，历来被看成文人骨气的象征。影者，魂也，东晋慧远禅师《万佛影铭》即云："体神入化，落影离形。"因此这首词写梅影，其实就是要写出梅花的风骨、梅花的精神。

词的起首两句以"碎阴"作喻于梅影，但是接下来又说"还更清绝。""枝北枝南"三句写梅花恍惚、疑有疑无的影子，几度绕枝欲折而终未折，见出词人对梅影的痴迷。接下来两句运用典故和前人诗句，写出了梅影的轻倩缥缈。"看夜深"三句，用竹子和云来衬托梅影，更加突出了它的曼妙高洁。下片运用大量典故和前人诗句，突出表现梅影孤洁、坚贞的精神。"窥镜"三句以美人作喻，遗貌取神，突出显示了梅花的孤洁。"莫是花光"三句写梅花的坚贞品格。"还惊"三句极力写珊瑚的玲珑透彻，其实是比喻如水月光之下的梅花，见出其玲珑圣洁。词的最后写作者为梅花的品格所感动，在酒

----

① 丽谯：古代城上建有望楼，称谯楼，用来瞭望城内外的敌兵、盗贼和火灾等。华丽的谯楼被称为丽谯。吹彻：吹到最后一曲。唐李白《与史郎中钦听黄鹤楼上吹笛》："黄鹤楼中吹玉笛，江城五月落梅花。"

② 燃犀：据南朝宋刘敬叔《异苑》记载，晋温峤至牛渚矶，水底有音乐声。水深不可测，温峤燃犀角照之，见到了水族的奇形异状。

醒天寒之际久久徘徊其下。

总之，这首词是否寄托亡国哀思、是否抒发个人感怀尚难以确定；但描写角度不断转换，梅花的形象和品格也随之突显，表现出极强的艺术特色。

【作法】《疏影》，宋姜夔自度曲，又名《绿意》《解佩环》等。例用入声韵。一百十字，上片五仄韵，下片四仄韵。此调既为姜夔自度曲，其平仄当以姜词为准。张炎词中可平可仄处，均参姜词而定。

沁园春 有感

［宋］陆游

孤鹤归来，再过辽天，换尽旧人①。念累累枯冢，茫茫
〇仄平平　仄仄平平　仄仄仄〇　仄〇平〇仄　〇平

梦境，王侯蝼蚁②，毕竟成尘。载酒园林，寻花巷陌，当日
●仄　〇平〇仄　●仄平◎　●仄平平　〇平●仄　〇仄

何曾轻负春。流年改，叹围腰带剩③，点鬓霜新。　　交亲
平平〇仄◎　平平仄　仄〇平●仄　●仄平◎　　　平平

---

① 孤鹤三句：晋代陶潜《搜神后记》载，辽东人丁令威学道于灵虚山，学成后化鹤回到辽东，停在城门华表柱上，见物是人非，因而感叹道："有鸟有鸟丁令威，去家千年今始归。城郭如故人民非，何不学仙冢累累。"

② 王侯蝼蚁：唐杜甫《谒文公上方》诗："王侯与蝼蚁，同尽随丘墟。"蝼蚁是蝼蛄和蚂蚁，指代微小生物，这里喻指地位低微的人。

③ 围腰带剩：比喻老病。《南史·沈约传》："（约）言已老病，百日数旬革带常应移礼。"

散落如云，又岂料、而今余此身。幸眼明身健，茶甘饭软；
●仄平平　仄●仄　平平○仄◎　仄●平○仄　○平●仄

非惟我老，更有人贫。躲尽危机，消残壮志，短艇湖中闲
○平●仄　●仄平◎　●仄平平　○平●仄　●仄平平○

采莼①。吾何恨，有渔翁共醉，溪友为邻。
仄◎　平平仄　仄○平●仄　○仄平◎

【赏析】淳熙五年（1178）秋，五十四岁的陆游从四川回到阔别已久的家乡山阴，这首词当是作于此时。词中抒发了诗人对时光流逝、人生如梦的感慨，饱含着壮志难酬的愤懑与无奈。

上片写自己回到故乡，就像当年的丁令威回到辽东一样，见到的是物是人非。自己曾经的亲朋故交许多都已经离开了人世，看着一座座坟墓，想到与他们生前的交往，令人深感世事无常人生如梦。"载酒"三句是回忆，当年自己也曾载酒寻花，在园林巷陌之中留下足迹，并不曾辜负那上天赐予的大好春光。"流年改"一转，跌落现实，可如今时光流逝，自己也身体憔悴，两鬓斑白了，可是功业依然无成。

下片写回到家乡后的生活。笔锋又一转：亲朋故友大多飘散如云了，又何曾想到自己居然还能活到现在？"幸眼明"四句透露身体状况，聊作自我宽慰之语。陆游在《书喜》一诗中写道："眼明身健何妨老，饭白茶甘不觉贫。"其实这样的

① 莼：一种水生植物，又名水葵，可制羹。陆游《寒夜移疾》诗自注云："湘湖在萧山县，产莼绝美。"

178

话，只是故作宽慰，掩饰自己内心的惆怅罢了。"王师北定中原日"才是他的志向，"但悲不见九州同"才是他此时的真切感受。这些年仕途坎坷，虽然躲过了重重危机，但是功业无成，连自己的豪情壮志也被消磨殆尽了。结尾"躲尽"六句是说，现在回到家乡，驾着小船在湖中采莼，与渔翁溪友相伴，还有什么可遗憾的呢？这最后几句虽然是在描写自己当时生活的安闲惬意，看似轻松旷达，其实是流露出了更多的无奈，令人为之动容。

【作法】《沁园春》，又名《寿星明》《洞庭春色》《大圣乐》等。《沁园春》取汉沁水公主园以名调。此调平仄及注据《词律》而定。一百一十四字，上片四平韵，下片五平韵（下片第二字"亲"字为暗韵，可不叶）。上片第四句（"念累累枯冢"）、下片第三句（"幸眼明身健"），都以一字（"念""幸"）领四言四句，领字宜用去声字；此四句可作四字两联对仗（如秦观词："正南浦春回，东冈寒退；粼粼鸭绿，袅袅鹅黄。"）。此调宜抒写壮阔豪迈的情感。

摸鱼儿 送春

［元］张翥

涨西湖、半篙新雨，麹尘①波外风软。兰舟同上鸳鸯浦②，
仄平平　仄平平仄　●平 平仄平△　○平平仄平仄

---

① 麹尘：麹上所生的菌，颜色淡黄如尘土，故称。麹是酿酒或制酱所用的发酵物。
② 鸳鸯浦：鸳鸯栖息的水滨，比喻美色荟萃的地方。

天气嫩寒轻暖。帘半卷，度一缕、歌云不碍桃花扇①。莺娇
平仄仄平平△　　平仄△　●仄仄　○平●仄平平△　　○平

燕婉。任狂客无肠②，王孙有恨，莫放酒杯浅③。　　垂杨
●△　仄○仄平平　○平●仄　●仄仄平△　　平平

岸，何处红亭翠馆。如今游兴全懒。山容水态依然好，惟
仄　○仄平平●△　平平平仄平△　○平●仄平平仄　○

有绮罗④云散。君不见，歌舞地、青芜满目成秋苑。斜阳又
仄○平　平△　平仄△　○●仄　○平●仄平平仄　○平●

晚。正落絮飞花，将春欲去，目送水天远。
△　仄仄仄平平　○平●仄　●仄仄平△

【赏析】这首词写春日泛舟西湖所感。上片写景。起首
三句勾勒出春日西湖清新美丽的景象，新雨初晴，西湖涨满，
水波荡漾，春风轻软。接写在如此环境下，词人与佳人泛舟鸳
鸯浦上，轻歌曼舞，饮酒赏春，好不惬意。在这样的风光声色
中，无人不暂时忘却了平日的拘谨和烦恼，频频举杯。

下片抒情。"垂杨岸"五句写虽然西湖的风光还像以前
一样，但是佳人已经不在身边，当年曼舞欢歌的地方也成了满
目凄然、野草丛生的荒凉院落。结尾推出情景交融的境界：夕

① 度一缕句：宋晏几道《鹧鸪天》："舞低杨柳楼心月，歌尽桃花扇底风。"歌云，
指歌声响遏行云。唐王勃《滕王阁序》："爽籁发而清风生，纤歌凝而白云遏。"
桃花扇：歌舞时所用的扇子。

② 狂客无肠：古人称螃蟹为无肠公子，又因其横行，故称狂客。此处只是借用，词意
与螃蟹并无相关。

③ 莫放酒杯浅：五代王衍《醉妆词》："那边走，这边走，莫厌金杯酒。"

④ 绮罗：华美的丝绸衣服，喻指歌女和繁华富贵的生活。

阳之下，词人独自立于落絮飞花之下，看着远处水天一色的一片茫茫，独自伤怀怅惘。今昔对比乃是抒发人生感慨的惯用写法，本词在艺术上并未有太大突破。从思想内容上看，作者也未表露出家国之痛，仅仅是为歌女与繁华生活而怅惘伤怀，深意无多。

【作法】《摸鱼儿》，又名《安庆摸》《陂塘柳》《买陂塘》《摸鱼子》《迈陂塘》《双渠怨》等。各家字数及句读均小有出入，有多体。张翥此调与晁补之所作《买陂塘》同。一百十六字，上片六仄韵，下片七仄韵。上片第九句（"任狂客无肠"）之"任''字，下片第九句（"正落絮飞花"）"之"正字，都是领字，例用去声。

贺新郎 春情

[宋] 李玉

篆缕①销金鼎，醉沉沉、庭阴转午，画堂人静。芳草王
●仄　平平仄　仄平平　○平●仄　仄平平△　○仄○

孙知何处②，惟有杨花糁径③。渐玉枕、簟腾④初醒。帘外残红
平平○仄　○仄○平●△　●仄仄　平平　○△　○仄平平

---

① 篆缕：香炉中的烟袅袅上升犹如篆字，故称篆缕。

② 芳草王孙：东汉淮南小山《招隐士》："王孙游兮不归，春草生兮萋萋。"

③ 糁径：糁，细碎物。此处作动词，意为散落在路上。

④ 簟腾：蒙胧，迷糊。

春已透，镇^①无聊、殢酒^②恹恹病。云鬟乱，未忺整^③。　　江
平●平　　仄○平　●仄　平平△　○仄仄　仄平△　　　　　○
南旧事休重省。遍天涯、寻消问息，断鸿难倩^④。月满西楼
平●仄平平△　仄平平　○平●仄　仄平平△　●仄○平
凭栏久，依旧归期未定。又只恐、瓶沉金井^⑤。嘶骑不来银
平○仄　○仄○平●△　●仄仄　平平○△　○仄●平平
烛暗，枉教人、立尽梧桐影^⑥。谁伴我，对鸾镜。
●仄　　仄○平　●仄平平△　　○仄○　仄平△

【赏析】这是一首闺怨词，以一位女子的口吻所作，情感细腻，抒情深婉，极具感染力。

上片写这位女子独居时的慵懒、困倦和愁苦。"篆缕"八句写屋内：金鼎香烟袅袅，这位女子醉沉沉地独自待在闺房里，看见窗外的树影转移。已经到了中午，这里不会再有人，只有自己一人独处。"芳草王孙"化用淮南小山《招隐士》"王孙游兮不归，春草生兮萋萋"的典故，表出对情人的思念。杨花是古典诗词中表达思念与寂寞的常见意象的，此

---

① 镇：久。
② 殢酒：病酒。
③ 忺：高兴，想要。
④ 倩：请别人做事。
⑤ 瓶沉金井：唐白居易《井底引银瓶》："井底引银瓶，银瓶欲上丝绳绝。"比喻情爱断绝，也比喻音信全无，如南朝齐释宝月《估客乐》："莫作瓶落井，一去无消息。"
⑥ 枉教人句：传说五代时人吕岩有诗《梧桐影》："今夜故人来不来，教人立尽梧桐影。"

处"惟有杨花糁径"即含有此意。女子感到万般寂寞无聊，于是倚枕小憩，渐渐进入朦胧。"帘外"五句补写朦胧之境。迷迷糊糊中，醉眼朦胧地看见窗外春残花落，内心充满了感伤。因为，她也像这春天的落花一样，在寂寞苦守之中渐渐老去。《诗经·卫风·伯兮》有："自伯之东，首如飞蓬。岂无膏沐，谁为适容。"此时的这位女子，也因为情人不在身边而无心梳妆打扮，任凭头发乱蓬蓬的。

　　词的下片从写景转入抒情。首句点明在江南与情人曾有风流旧事，现在也不忍再回忆了。她也曾四处打听情人的下落，终究杳无音信，令人肝肠寸断。"月满"九句淋漓尽致地描绘了女子的苦恋。这位女子凭栏凝望，期待着情人的归来，可是他的归期却一拖再拖，至今未定。会不会他已经变心了，这段情爱就此结束了？可如果不是这样，为什么他还不回来？五代和凝《江城子》："斗转星移玉漏频，已三更，对栖莺。历历花间，似有马蹄声。"可是这位女子却等不到马蹄声，只有昏暗的烛光陪着她，度过这漫长而寂寞的夜。

　　【作法】《贺新郎》，又名《金缕衣》《贺新凉》《金缕曲》《貂裘换酒》《乳燕飞》《风敲竹》等。排比宋人所作《贺新郎》，于平仄、句读出入较大。如此词之上下片第四句"芳草王孙知何处"，"月满西楼凭栏久"中连用四个平声，多数人如此填（而且下片第四句也作"平仄平平平平仄"），但也有一些人不这样填。又如"枉教人、立尽梧桐影"，也常可作不必顿开之一句。此取较相似句读之词，可平可仄略加斟酌而定。词的上下片除首句不同外，其余句式、韵脚全同。

一百十六字，上下片各六仄韵。龙榆生《唐宋词格律》云：
"大抵用入声韵部者较激壮，用上、去声韵部者较凄郁，贵能
各适物宜耳。"

附 录

平水韵

（據《佩文詩韻》摘編，韻部字後括注為已合併的《廣韻》韻部。為避免簡體字一字多用，此《平水韻》及以下《詞林正韻》兩韻書依例用繁體字。）

上平聲

【一東】　東同童僮銅桐峒筒瞳中衷忠盅蟲沖終忡崇嵩（崧）菘戎絨弓躬宮穹融雄熊窮馮風楓瘋豐充隆窿空公功工攻蒙濛朦曚籠朧櫳嚨聾瓏礱瀧蓬篷洪葓紅虹鴻叢翁螉囪蔥聰驄通棕烘崆

【二冬（鍾同用）】　冬咚彤農儂宗淙鍾鐘龍蘢舂松淞沖容榕蓉溶庸傭慵封胸凶匈洶雍邕癰濃膿重從逢縫峰鋒豐蜂烽葑縱蹤茸蚣邛笻蛩蚛喁

【三江】　江缸窗邦降（降伏）雙瀧龐撞豇釭扛杠腔梆樁幢蛩〔冬韻同〕

【四支（脂、之同用）】 支枝肢移簃為（施為）垂吹陂碑奇宜儀皮兒離施知馳池規危夷師姿遲龜眉悲之芝時詩棋旗辭詞期祠基疑姬絲司葵醫帷思滋持隨痴維卮麾墀彌慈遺肌脂雌披嬉屍狸炊湄籬茲差（參差）卑虧蕤騎（跨馬）歧岐誰斯漸私窺熙欺疵觜羈彝髭頤資糜饑衰錐姨夔祇涯〔佳、麻韻同〕伊追緇其箕治（治國）尼而推〔灰韻同〕匙陲甀錘縭璃驪羸陂羆糜麋脾芘畸犧羲曦欹漪猗崎崖萎篩獅蛳鷗綏雖粢瓷椎飴嫠痍惟唯機（木名）耆遲歸丕毗枇貔楣霉輜蚩嗤媸飔颸塒蒔鰦鷥笞灕怡貽禧噫其琪祺麒嶷螭梔鸝累跐琵嵋

【五微】 微薇暉輝徽揮韋圍幃違闈霏菲（芳菲）妃飛非扉肥威祈畿機幾譏璣稀希衣（衣服）依歸饑〔支韻同〕磯欷誹緋唏葳巍沂圻頎

【六魚】 魚漁初書舒居裾琚車〔麻韻同〕渠蕖餘予（我也）譽（動詞）輿胥狙鋤疏蔬梳虛噓墟徐豬閭廬驢諸儲除滁蜍如畬淤好苴菹沮狙齬茹櫚於祛蘧疽蛆醵紓樗蹰〔藥韻同〕歔據（拮据）

【七虞（模同用）】 虞愚娛隅無蕪巫于衢疣瞿戄儒襦濡須需朱珠株誅硃銖蛛殊俞瑜榆愉逾渝窬諛腴區軀驅嶇趨扶符鳧芙雛敷麩夫膚紆輪樞廚俱駒模謨摹蒲逋胡湖瑚乎壺狐弧孤辜姑觚菰徒途塗荼圖屠奴吾梧吳租盧鱸爐蘆顱壚蚨孥帑蘇酥烏汙（汙穢）枯粗都茱侏姝禺拘嵎躕桴孚臾萸瀦吁瓠糊醐呼沽酤瀘艫轤鸕駑匍葡鋪（鋪蓋）菟誣嗚迂盂竽跗毋孺酴鴣骷刳蛄晡蒱葫呱蝴劬狙猢郛孚

【八齊】 齊黎犁梨妻（夫妻）萋淒堤低題提蹄啼雞稽兮

倪霓西棲犀嘶撕梯鼙齌迷泥溪蹊圭閨攜畦秷躋奚臍醯鼷蠡醍鵜
奎批砒睽黆篦齑藜猊蛻鯢羝

【九佳（皆同用）】　佳街鞋牌柴釵差（差使）崖涯偕階
皆諧骸排乖懷淮豺儕埋霾齋槐［灰韻同］睚崖楷秸揩挨俳佳涯
［支、麻韻同］媧蝸蛙娃哇

【十灰（咍同用）】　灰恢魁隈回徊槐［佳韻同］梅枚玫
媒煤雷罍隤催摧堆陪杯醅嵬推［支韻同］詼裴培盃開哀埃臺苔
擡該才材財裁栽哉來萊災猜孩徠駘胎唉垓挨皚呆腮

【十一真（諄、臻同用）】　真因茵辛新薪晨辰臣人仁神
親申身賓濱檳繽鄰鱗麟珍瞋塵陳春津秦頻蘋顰瀕銀垠筠巾囷民
岷泯［軫韻同］珉貧莼淳醇純唇倫輪淪掄勻旬巡馴鈞均榛遵循
甄宸綸椿鶉嶙轔磷呻伸紳寅姻荀詢峋氤恂嬪彬皴娠閩紉湮肫逡
菌臻麏

【十二文（欣同用）】　文聞紋蚊雲分（分離）氛紛芬焚
墳羣裙君軍勤斤筋勳薰曛醺蕓耘芹欣氳葷汶汾殷雯賁紜昕熏

【十三元（魂、痕同用）】　魂渾溫孫門尊（樽）存敦墩
燉暾蹲豚村屯囤（囤積）盆奔論（動詞）昏痕根恩吞蓀捫褌昆
鯤坤侖婚閽髡餛噴猻飩臀跟瘟飧

【十四寒（桓同用）】　寒韓翰［翰韻同］丹單安鞍難
（艱難）餐檀壇灘彈殘乾肝竿闌欄瀾蘭看［翰韻同］刊丸完桓
紈端湍酸團攢官觀（觀看）鸞鑾巒冠（衣冠）歡寬盤蟠漫（大
水貌）獧邯鄲攤玕攔珊狻豻杆蹣姍殫癉讕獾倌棺剜潘拼［問
韻同］槃般蹣瘢磐瞞謾饅鰻鑽搏邗汗（可汗）

【十五刪（山同用）】　刪潸關彎灣還環鬟寰班斑蠻顏

姦攀頑山閑艱間（中間）慳患［諫韻同］屟潺擐圜菅般［寒韻同］頒鬐疝訕斕嫻鷴鰥殷（赤黑色）綸（綸巾）

下平聲

【一先（仙同用）】 先前千阡箋天堅肩賢弦煙燕（地名）蓮憐連田填巔鬈宣年顛牽妍研（研究）眠淵涓捐娟邊編懸泉遷仙鮮（新鮮）錢煎然延筵氈斿蟬纏廛聯篇偏綿全鐫穿川緣鳶旋船涎鞭專圓員乾（乾坤）虔愆權拳椽傳焉嫣轜褰搴鉛舷躔鵑筌痊詮悛遄［霰韻同］禪嬋臚顓燃漣璉便（安也）翩駢癲闃鈿［霰韻同］沿蜒胭芊鯿胼滇佃昄咽湮狷躅鳶騫膻扇棉拴荃秈磚攣儇歡璿卷（曲也）扁（扁舟）單（單于）濺（濺濺）犍

【二蕭（宵同用）】 蕭簫挑貂刁凋雕迢條髫調（調和）蜩梟澆聊遼寥撩寮僚堯宵消霄綃銷超朝潮囂驕嬌嬈焦椒饒硝燒（焚燒）遙徭搖謠瑤韶昭招鑣瓢苗貓腰橋喬嬈妖飄逍瀟鷯驍祧鷦鸒繚獠嘹夭（夭夭）麼邀要（要求）姚樵譙憔標飆嫖漂（漂浮）剽佻韶苕客嶕嶢蹺僥了魈曉描釗軺橈銚鷯翹枵僑窯礁

【三肴】 肴巢交郊茅嘲鈔包膠苞梢姣庖匏坳敲胞拋蛟崤鵁鞘抄螯咆哮凹淆教（使也）跑艄捎爻咬鐃茭炮（炮製）泡鮫刨抓鮫饒筲蛸聱啁剿佼皎掊脬袍嘮

【四豪】 豪勞毫操（操持）髦條刀萄猱褒桃糟旄袍撓［巧韻同］蒿濤皋號（號呼）陶鼇曹遭羔糕高搔毛艘滔騷韜繅膏牢醪逃濠壕饕洮淘叨嗃篙熬遨翱嗷臊嘈尻廒謷獒敖聱漕嘈槽掏嘮滶撈癆牦

【五歌（戈同用）】　歌多羅河戈阿和（和平）波科柯陀娥蛾鵝蘿荷（荷花）何過（經過）磨（琢磨）螺禾珂蓑婆坡呵哥軻沱黿拖駝跎佗（他）頗（偏頗）峨俄摩麼娑莎迦屙苛蹉嵯馱籮邏鑼哪挪鍋訶窠蝌髁倭渦窩訛陂都嶓魔梭唆騾挼靴瘸搓哦瘥酡

【六麻】　麻花霞家茶華沙車［魚韻同］牙蛇瓜斜邪芽嘉瑕瘕紗鴉遮叉奢涯［支、佳韻同］巴耶嗟遐加笳賒槎差（差錯）蟆驊蝦葭袈裟砂衙呀琶杷芭杷笆疤爬葩些（少也）佘鯊查楂渣爹攨吒拿椰珈跏枷迦痂茄椏丫啞劃嘩誇胯抓窪呱閜媧蝸騧爺娃哇佘艖杈岈哆樺琊吾鈀

【七陽（唐同用）】　陽楊揚洋羊徉佯芳妨方坊防肪房亡忘望［漾韻同］忙茫芒妝莊裝奘香鄉湘廂箱鑲薌相（相互）襄驤光昌堂唐糖棠塘章張王常長（長短）裳涼糧量（衡量）梁粱良霜藏（收藏）腸場嘗償床央鴦秧殃郎廊狼榔跟浪（滄浪）漿將（持也送也）疆僵薑韁觴娘黃皇遑惶徨煌倉蒼艙滄傷殤商幫湯創（創傷）瘡強（剛強）牆檣嬙薔康慷［養韻同］囊狂糠岡剛鋼綱匡筐荒慌行（行列）杭航桁翔詳祥庠桑彰璋漳獐猖倡凰邙臧昂喪（喪葬）閶羌槍鏘搶（突也）蜣蹌篁簧璜潢攘瓤亢吭［養、漾韻並同］旁傍（側也）孀驦當（應當）襠璫鐺泱蝗隍快肓汪鞅滂鄉愴［漾韻同］緗琅頏悵螗

【八庚（耕、清同用）】　庚更（更改）羹盲橫（縱橫）觥彭亨英烹平枰京驚荊明盟鳴榮鎣兵兄卿生甥笙牲擎鯨迎行（行走）衡耕萌甍宏閎莖罌鶯櫻泓橙爭箏清情晴精睛菁晶旌盈楹瀛贏嬴營嬰纓貞成盛（盛受）城誠呈程酲聲征正（正月）輕名

令（使令）并（并州）傾縈瓊崢嶸撑粳坑鏗攖鸚黥蘅澎膨棚浜坪蘋鉦傖檠嚶轟錚猙寧獰瞪繃怦瓔砰泯鯖偵樫螲塋楨甇賡贙瞠

【九青】 青經涇形陘亭庭廷霆蜓停丁仃馨星腥醒（醉醒）惺俜靈齡鈴伶零聽［徑韻同］冥溟銘瓶屏萍熒螢榮扃坰蜻硎苓聆瓴翎娉婷寧暝瞑螟猩釘疔叮廳町泠欞囹羚蛉嚀型邢刑

【十蒸（登同用）】 蒸烝 承丞懲澄陵淩綾菱冰膺鷹應（應當）蠅繩升繒憑乘（駕乘，動詞）勝（勝任）興（興起）仍兢矜徵（徵求）稱（稱讚）登燈僧憎增曾矰層能朋鵬肱薨騰藤恒罾崩縢謄岐嶒姮塍馮症簦瞢凝［徑韻同］棱楞

【十一尤（侯、幽同用）】 尤郵優尤流旒留騮榴劉由油遊猷悠攸牛修羞秋周州洲舟酬讎柔儔疇籌稠丘邱抽瘳道收鳩搜騶愁休囚求裘仇浮謀牟眸侔矛侯喉猴謳鷗樓陬偷頭投鉤溝幽糾啾楸蚯躊綢惆勾婁琉疣猶鄒兜呦咻貅球蜉蝣輶幬鬮瘤硫瀏庥湫泅酋甌啁颼鍪篌摳篝謅骰僂漚（名詞，水泡）螻髏摟歐彪掊虯揉蹂抔不（與有韻“否”通）瓿繆（綢繆）

【十二侵】 侵尋潯臨林霖針箴斟沈心琴禽擒衾欽吟今襟（衿）金音陰岑簪［覃韻同］壬任（負荷）歆森禁（力所勝任）祲喑琛涔駸參（參差）忱淋妊摻參（人參）椹郴芩檎琳蟫愔喑黔嶔深淫諶霪歆森湛

【十三覃（談同用）】 覃潭參（參考）驂南楠男諳庵含涵函（包含）嵐蠶探貪耽眈龕堪談甘三酣柑慚藍擔簪［侵韻同］譚曇壇婪戡頷痰籃襤蚶憨泔聃邯蟫［侵韻同］

【十四鹽（添、嚴同用）】 鹽簷廉簾嫌嚴占（占卜）髯謙奩纖簽瞻蟾炎添兼縑沾尖潛閻鐮黏淹鉗甜恬拈砭詹蒹殲黔鈐

僉觇庵漸鶼醃襜閣

【十五鹹（衘、凡同用）】 鹹函（書函）緘岩讒衘帆衫
杉監（監察）凡饞芟攙喃嵌掺巉

上　聲

【一董】 董懂動孔總籠攏桶捅翁蠓汞
【二腫】 腫種踵寵壟擁宂重塚捧勇甬踴湧俑蛹恐拱竦悚
聳鞏慫奉
【三講】 講港項棒蚌耩
【四紙（旨、止同用）】 紙只咫是靡彼毀委詭髓累技綺
觜此眥蕊徙爾弭侈弛豕紫旨指視美否（否泰）痞兕幾姊比水
軌止徵（樂律名）市喜已紀跪妓蟻鄙晷子仔梓矢雉死履壘癸趾
址以已似耔祀史駛耳使（使令）裏理李起杞圯跂士仕俟始齒矣
恥麂枳峙鯉邐氏璽巳（地支名）滓芷倚匕迤邐旖旎艤虺秕芷擬
你企諈捶屣箠揣豸祉恃
【五尾】 尾葦鬼豈卉幾偉斐菲（菲薄）匪篚娓悱榧韙煒
匭瑋蟻
【六語】 語（語言）圉圄呂侶旅杼佇與（給予）予（賜
予）渚煮暑鼠汝茹（食也）黍杵處（居住，處理）貯女許拒炬
距所楚礎阻俎沮敘緒序嶼墅巨去（除也）苣舉詎敿滸鉅醑咀詛
苧抒楮
【七虞（姥同用）】 虞雨宇舞府鼓虎古股賈（商賈）
估土吐圓庾戶樹（種植，動詞）煦詡努輔組乳弩補魯櫓睹腐數

（動詞）簿豎普侮斧聚午伍釜縷部柱矩武五苦取撫浦主杜塢祖愈堵扈父甫禹羽怒〔遇韻同〕腑拊俯呞賭鹵姥鸅拄莽〔養韻同〕栩窶脯嫵廡否（是否）塵褸簍僂酤牡譜怙肚踽虜拏詁瞽殺祜滬雇仵缶母某畝蠱琥

【八薺】　薺禮體米啟陛洗邸底抵弟坻柢涕悌濟（水名）澧醴詆眯娣綮遞昵睨蠡

【九蟹（駭韻同）】　蟹解灑楷〔佳韻同〕拐矮擺買駭

【十賄（海同用）】　賄悔罪餒每塊匯（匯合）猥璀磊蕾傀儡腿海改采彩在宰醢鎧愷待殆怠乃載（歲也）凱闓倍蓓迨亥

【十一軫（準同用）】　軫敏允引尹盡忍準隼笋盾〔阮韻同〕閔憫菌〔真韻同〕蚓牝殞緊蠢隕哂診疹賑腎蜃臏黽泯窘吮縝

【十二吻（隱同用）】　吻粉蘊憤隱謹近忿技刎搵槿瑾惲韞

【十三阮（混、很同用）】　阮遠（遠近）晚苑返反飯（動詞）偃蹇琬沅宛婉畹菀蜿綣嗽挽堰混棍閫悃捆袞滾鯀穩本畚笨損忖囤遁很沌懇墾齦

【十四旱（緩同用）】　旱暖管琯滿短館〔翰韻同〕緩盌〔翰韻同〕碗懶傘伴卵散（散佈）伴誕罕瀚（浣）斷（斷絕）侃算（動詞）款但坦祖纂緞拌澣瓚莞

【十五潸（產同用）】　潸眼簡版板阪盞產限綰柬揀撰饌赧皖汕鏟孱見棟棧

【十六銑（獮同用）】　銑善（善惡）遣（遣送）淺典轉〔霰韻同〕衍犬選冕輦免展繭辨篆勉剪卷顯餞〔霰韻同〕踐喘蘚軟蹇〔阮韻同〕演兗件腆跣緬繾鮮（少也）殄扁匾蜆峴畎獮

雋鍵變泫癬闡顫膳鱔舛娩輾遭［先韻同］孅辮撚

【十七筱（小同用）】　筱小表鳥了（未了，了得）曉少（多少）擾繞紹杪沼眇矯皎杳窈窕嫋挑（挑撥）掉［嘯韻同］肇縹緲渺淼蔦趙兆繳繚［蕭韻同］夭（夭折）悄昭僥蓼嬈磽勦晁藐秒殍了

【十八巧】　巧飽卯狡爪鮑撓［豪韻同］攪絞拗咬炒吵佼姣［肴韻同］昂茆獠［蕭韻同］

【十九皓】　皓寶藻早棗老好（好醜）道稻造（造作）腦惱島倒（傾覆）禱［號韻同］搗抱討考燥掃［號韻同］嫂保鴇稿草昊浩鎬果縞槁堡皂璪媼襖襖葆裸筆澡套潦蚤拷栲

【二十哿（果同用）】　哿火舸亸舵我拖娜荷（負荷）可左果裹朵鎖瑣墮惰妥坐（坐立）裸跛頗（稍也）夥顆禍椏婀邏卵那坷爹［麻韻同］簸叵埵哆硪麼［歌韻同］峨［歌韻同］

【二十一馬】　馬下（上下）者野雅瓦寡社寫瀉夏（華夏）也把廈惹冶賈（姓氏）假（真假）且瑪姐舍喏赭灑碼剮打耍那

【二十二養（蕩同用）】　養癢象像橡仰朗奬獎蔣敞氅廠枉往頼強（勉強）惘兩曩丈杖仗［漾韻同］響掌黨想鯗榜爽廣享向饗幌莽紡長（長幼）網蕩上（上升）壤賞仿罔讜倘魍魎謊蟒漭嗓盎恍髒（骯髒）吭沆慷繈鏹搶肮獷

【二十三梗（耿靜同用）】　梗影景井嶺領境警請餅永騁逞穎潁頃整靜省幸頸郢猛丙炳杏秉耿礦冷靖哽綆荇艋蜢皿憼悻婧阱猙［庚韻同］靚悍打瘰併（合併）獷甼憬鯁

【二十四迥（拯等同用）】　迥炯茗挺艇梃醒［青韻同］

酩酊並（並行並且）等鼎頂肯拯罃到湞

【二十五有（厚、黝同用）】　有酒首口母［麌韻同］婦［麌韻同］後柳友朆狗久［麌韻同］負厚手叜守否［麌韻同］右受牖偶走阜［麌韻同］九後咎藪吼帚垢舅紐藕朽臼肘韭畝［麌韻同］剖誘牡［麌韻同］缶酉苟醜糗扣叩某莠壽綬玖授蹂［尤韻同］揉［尤韻同］溲紂鈕扭嘔毆糾耦掊瓿拇姆擻綹抖陡蚪籔黝赳取［麌韻同］

【二十六寢】　寢飲（飲食）錦品枕（枕衾）審甚［沁韻同］廩衽稔凜懍沈（姓氏）朕荏嬸潯（潯陽）葚稟噤諗怎恁飪覃

【二十七感（敢同用）】　感覽攬膽淡［淡、勘韻同］啖坎憯敢頷［覃韻同］撼毯糝湛菡萏罱槧喊嵌［鹹韻同］橄欖

【二十八儉（琰、忝、儼同用）】　儉焰斂［艷韻同］險檢臉染掩點簟貶冉苒陝諂儼閃剡忝［艷韻同］琰奄歉芡斬壍漸［鹽韻同］罨撿弇崦玷

【二十九豏　（檻、範同用）】　檻範減艦犯湛巉［咸韻同］斬黯範

去　聲

【一送】　送夢鳳洞眾甕貢弄凍痛棟慟仲中粽諷空控哄贛

【二宋（用同用）】　宋用頌誦統縱訟種綜俸供從縫重共

【三絳】　絳降（升降）巷撞［江韻同］戆

【四寘（志、至同用）】　寘闐事地意志思（名詞）淚吏賜自字義利器位戲至次累（連累）偽寺瑞智記異致備肆翠騎（車

骑，名詞）使（使者）試類棄餌媚鼻易（容易）彎墜醉議翅避笴幟熾粹蒔誼帥廁寄睡忌貳萃穗二臂嗣吹（鼓吹，名詞）遂恣四驥季刺駟寐魅積（積蓄）被懿覬冀愧匱恚饋蕢簣櫃曁庇庋莉膩秘比（近也）鷙悆啻示嗜飼伺遺（饋遺）蕙祟值憚屣眥詈企漬譬跛摯燧隧悴尿稚雉蒞悸肄泌識（記也）侍躓為（因為）

【五未】　未味氣貴費沸尉畏慰蔚魏緯胃彙（字彙）謂渭卉［尾韻同］諱毅既衣（著衣，動詞）蜇溉［隊韻同］翡誹

【六禦】　禦處（處所）去慮譽（名詞）署據馭曙助絮著（顯著）箸豫恕輿（參輿）遽疏（書疏）庶預語（告也）踞倨蒩淤鋸覷狙［魚韻同］翥薯

【七遇（暮同用）】　遇路輅賂露鷺樹（樹木）度（制度）渡賦布步固素具務霧騖數（數量）怒［麌韻同］附兔故顧句墓慕暮募註住駐炷祚裕誤悟寤戍庫邁護屢訴妒懼趣娶鑄綺傅付諭喻嫗芋捕哺互孺寓赴洿吐［麌韻同］汙（動詞）惡（憎惡）晤煦酤訃僕（偃僕）賵駙婺錮蛀颶怖鋪（店鋪）塑愫蠹溯鍍璐雇瓠迕婦負阜副富［宥韻同］醋措

【八霽（祭同用）】　霽制計勢世麗歲濟（渡也）第藝惠慧幣弟滯際涕［薺韻同］曆契（契約）敝弊斃帝蔽髻銳戾裔袂系祭衛隸閉逝綴翳替細桂稅婿例誓筮蕙詣礪勵瘞噬繼脆睿毳曳蒂睇妻（以女妻人）遞逮薊蚋薛荔唳捩糲泥（拘泥）媲斃彗睥睨劑嚏諦締剃屜悌儷鎛貰掣羿棣蟪薙娣說（遊說）贅憩鱖嫕嚖謎擠

【九泰】　會旆最貝沛霈繪膾蓍狽儈蛻酹外兌泰太帶外蓋大（箇韻同）瀨賴籟蔡害藹艾丐奈奈汰癩靄

【十卦（怪、夬同用）】 懈廨邂隘賣派債怪壞誡戒界介芥械薤拜快邁敗稗曬瀣湃寨疥屆蒯簀蕢喟聵塊儈卦掛畫

【十一隊（代、廢同用）】 隊內輩佩退碎背穢封廢悔誨晦昧配妹喙潰吠肺耒塊硙刈悖焙淬敦（器名）塞（邊塞）愛代載（載運）態菜礙戴貸黛概岱溉慨耐在（所在）鼐玳再袋逮隸賚賽憒曖咳噯睞

【十二震（稕同用）】 震信印進潤陣鎮刃順慎鬢晉駿閏峻釁振俊舜賑吝燼訊仞迅汛疹襯僅覲藺浚賑［軫韻同］齔認殯擯縉躪厗諄瞬靭浚殉饉

【十三問（焮韻同）】 問聞（名譽）運暈韻訓糞忿［吻韻同］醞郡分（名分）紊慍近（動詞）扽拼奮鄆捃靳

【十四願（恩、恨同用）】 論（名詞）恨寸困頓遁（阮韻同）鈍悶遜嫩溷諢巽褪噴［元韻同］艮搵願怨萬飯（名詞）獻健建憲勸蔓券遠（動詞）侃鍵販畈曼挽（挽聯）瑗媛圈（豬圈）

【十五翰（換同用）】 翰［寒韻同］瀚岸漢難（災難）斷（決斷）亂歎［寒韻同］觀（樓觀）幹（樹幹，幹練）散（解散）旦算（名詞）玩爛貫半案按炭汗贊漫［寒韻同，又副詞，獨用］冠（冠軍）灌爨竄幔粲燦璨換煥喚渙悍彈（名詞）憚段看［寒韻同］判叛絆鸛伴畔鍛腕惋館旰捍疸但罐盥婉緞縵侃蒜鑽讕

【十六諫（襇同用）】 諫雁患澗間（間隔）宦晏慢盼篆棧［潸韻同］慣串綻幻瓣莧辦謾訕［删韻同］鏟綰孿篡襇扮

【十七霰（線同用）】 霰殿面縣變箭戟戰扇煽膳傳（傳記）見硯院練鏈燕宴賤饌薦絹彥掾便（便利）眷倦羨奠遍戀囀

眩釧倩卞汧片禪（封禪）譴濺錢善（動詞）轉（以力轉動）卷（書卷）甸電咽茜單念（念書）晛澱靛佃細［先韻同］鏇漩楝繕現狷炫絢綻線煎選旋顫擅緣（衣飾）撰咺諺媛忭援研（磨研）

【十八嘯（笑同用）】 嘯笑照廟竅妙詔召邵要（重要）曜耀調（音調）釣吊叫眺少（老少）誚料療潦掉［篠韻同］嶠徼跳嘹漂鐐廖尿肖鞘悄［篠韻同］峭哨俏醮燎［篠韻同］鷂鷚轎驃票銚［蕭韻同］

【十九效】 效教（教訓）貌校孝鬧豹罩棹覺（寤也）較窖爆炮（槍炮）泡［肴韻同］刨［肴韻同］稍鈔［肴韻同］拗敲［肴韻同］淖

【二十號】 號（號令）帽報導操（操行）盜噪灶奧告（告訴）誥到蹈傲暴（強暴）好（愛好）勞（慰勞）躁造（造就）冒悼倒（顛倒）燥犒靠懊琩燠［皓韻同］耄糙套［皓韻同］纛［沃韻同］潦耗

【二十一箇（過同用）】 個賀佐大［泰韻同］餓過［歌韻同，又過失，獨用］座和（唱和）挫課唾播破臥貨簸軻（車感）馱髁［歌韻同］磋作做剁磨（磨磐）懦糯縛銼挫些（楚些）

【二十二禡】 禡駕夜下（降也）謝榭罷夏（春夏）霸暇灞嫁赦藉（憑藉）假（休假）蔗化舍（廬舍）價射罵稼架詐亞廈怕借卸帕壩靶鷓貰炙嗄乍吒奼侘罅嚇姆啞訝迓華（姓氏）樺話胯［遇韻同］跨衩柘

【二十三漾（宕同用）】 漾上（上下）望［陽韻同］相（卿相）將（將帥）狀帳唱講浪（波浪）釀曠壯放向忘仗［養韻同］暢量（數量）葬匠障瘴謗尚漲餉樣藏（庫藏）舫訪睍嶂

199

當（適當）抗桁妄愴宕悵創醬況亮傍（依傍）喪（喪失）恙諒脹嵒臟吭碭伉壙纊桄擋旺炕亢（高亢）閬防

【二十四敬（映、諍、勁同用）】 敬命正（正直）令（命令）證性政鏡盛（茂盛）行（學行）聖詠姓慶映病柄勁競靚淨竟孟諍更（更加）併［梗韻同］聘硬炳泳進橫（蠻橫）摒阱檠迎鄭獍

【二十五徑（證、嶝同用）】 徑定聽勝（勝敗）馨磬應（答應）贈乘（名詞）佞鄧證秤稱（相稱）瑩［庚韻同］孕興（興趣）剩憑［蒸韻同］逕甑寧脛暝（夜也）釘（動詞）訂飣錠謦濘瞪蹭蹬亙（亙古）鐙（鞍鐙）澄凳磴涇

【二十六宥（候、幼同用）】 宥候就售［尤韻同］壽［有韻同］秀繡宿（星宿）奏獸漏富［遇韻同］陋狩晝寇茂舊胄宙袖岫柚覆復（又也）救廄臭佑右囿豆餿竇瘦漱咒究疚謬皺逅嗅遘溜鏤逗透驟又侑幼讀（句讀）坳僦副［遇韻同］鏞鷲繆縐灸籀酎詬蔻傀構扣購瞉戊懋貿麥嗽湊齅甃漚（動詞）

【二十七沁】 沁飲（使飲）禁（禁令）任（信任）蔭浸譖讖枕（動詞）噤甚［寢韻同］鴆賃喑滲窨妊

【二十八勘（闞同用）】 勘暗濫啖擔憾暫三（再三）紺憨澹［感韻同］瞰淡纜

【二十九艷】 艷劍念驗塹贍店占（佔據）斂（聚斂）厭焰［儉韻同］墊欠僭釅潋灩俺砭坫

【三十陷（鑒、梵同用）】 陷鑒泛梵懺賺蘸嵌站餡

入　聲

【一屋】　屋木竹目服福祿穀熟肉族鹿漉腹菊陸軸逐苜蓿宿（住宿）牧伏夙讀（讀書）犢瀆牘黷轂復（恢復）粥肅碌鷔育六縮哭幅斛戮僕畜蓄叔淑倏獨蔔馥沐速祝麓轆鏃蹙築穆睦禿穀覆幅瀑郁（馥郁）舳掬踘蹴跔茯袱鵬鵒髑樕撲匐簌蔌煜複蝠菔埶墊蠹竺曝鞠嗾謖簏國［職韻同］副

【二沃（燭同用）】　沃俗玉足曲粟燭屬錄辱獄綠毒局欲束鵠蜀促觸續浴酷躅褥旭欲篤督牘淥纛礴北［職韻同］矚囑勖溽縟梏

【三覺】　覺（知覺）角桷榷岳樂（音樂）捉朔數（頻數）卓啄琢剝駁雹璞樸殼確濁擢濯渥幄握學齷齪槊搦鐲喔邈犖

【四質（術、櫛同用）】　質日筆出室實疾術一乙壹吉秩率律逸佚失漆慄畢恤密蜜桔溢瑟膝匹述黜弼躓七叱卒（終也）虱悉戌嫉帥（動詞）蒺佚躓怵蟋篳篥必泌蓽秫櫛唧帙溧謐昵軼聿詰耋垤捽［月韻同］苗鼢鷸窒芯

【五物（迄同用）】　物佛拂屈或（或或乎文哉）鬱（鬱蔥蔥）乞掘［月韻同］吃（口吃）訖紱弗勿迄不怫緋沸芾厥倔黻崛尉（姓氏，又尉遲，複姓）蔚契屹熨［未韻同］紱

【六月（沒同用）】　月骨發闕越謁沒伐罰卒（士卒）竭窟笏鈇歇突忽禊日閱筏鶻［黠韻同］厥［物韻同］蹶蕨歿橛掘［物韻同］核蠍勃渤悖［隊韻同］孛揭［屑韻同］碣粵樾鱖脖餑鶻捽［質韻同］猝惚兀訥（吶）羯凸咄［曷韻同］矻

【七曷（末同用）】　曷達末闥缽脫奪褐割沫拔（挺拔）

葛闥渴撥豁括抹遏撻跋撮潑秣掇〔屑韻同〕聒獺〔點韻同〕剌
喝磕礙瘌襪活鴰斡怛鈌捋

　　【八黠（轄同用）】　黠拔（拔擢）八察殺刹軋戛瞎刮刷
滑轄鍛猾捌叭劄紮帕苗鶻擺薩捺

　　【九屑（薛同用）】　屑節雪絕列烈結穴說血舌潔別缺裂
熱決鐵滅折拙切悅轍訣泄鍥咽（嗚咽）軼噎滅澈哲龞設齧劣玦
截竊孽浙孑桔頡拮擷揭褐〔曷韻同〕纈碣〔月韻同〕挈抉褻薛
拽（曳）蕀冽暼迭跌閱饕臺坐捏頁闋觖譎鳩撇鷩篾楔惙輟啜綴
撤絏傑桀涅霓蜺〔齊、錫韻同〕批〔齊韻同〕

　　【十藥（鐸同用）】　藥薄惡（善惡）作樂（哀樂）落
閣鶴爵弱約腳雀幕洛壑索郭錯躍若酌托削鐸鑿箔鵲諾萼度（測
度）橐翁鑰龠瀹著著虐掠穫（收穫）泊搏霍嚼勺瘧廓綽霍鑊莫
籜縛貉各略駱寞膜鄂昨柝格拓轢爍爍灼瘧萼箬芍躇郃噱矍攫
釀跞魄酪絡烙珞髆粕簿柞漠摸酢作涸郝塦咢鼉鼍鍔顎繳擴槨陌
〔陌韻同〕

　　【十一陌（麥、昔同用）】　陌石客白澤伯跡宅席策冊碧
籍（典籍）格役帛戟璧驛麥額柏魄積（積聚）胍夕液尺隙逆畫
（動詞）百闢赤易（變易）革脊翮屐獲（獵獲）適索厄隔益窄
核烏擲賾坼惜癖僻掖腋釋譯嶧擇摘弈奕迫疫昔赫瘠謫亦碩貊躑
鵙磧蹢只炙（動詞）躑斥冞鬲骼舶珀嚇薺磔拆喀蚱柞劇檗壁柵
嘖幘簀扼劃蜴闒幗蟈刺脊汐藉螫摭襞虢啞（笑聲）繹射（音亦）

　　【十二錫】　錫壁曆櫪擊績覡笛敵滴鏑檄激寂覿溺覓狄荻
冪戚鶂滌的吃瀝靂惕劂礫翟躒倜析晰淅蜥劈甓嫡鞣櫟閴葯踢
迪晳裼逖霓鶂汨（汨羅江）

【十三職（德同用）】 職國德食（飲食）蝕色力翼墨極殛息熄直值得北黑側賊飾刻則塞（閉塞）式軾域蜮殖植敕唭棘惑忒默織匿慝億憶臆薏特勒肋幅仄昃稷識（知識）逼克即唧［質韻同］弋拭陟惻測翊洫嗇穡鯽抑或匐［屋韻同］

【十四緝】 緝輯戢立集邑急入泣濕習給十拾襲及級澀楫［葉韻同］粒汁蟄執笠隰汲吸縶挹浥悒岌熠茸什芨廿揖煜［屋韻同］歙笈［葉韻同］圾褶翕

【十五合（盍同用）】 合塔答納榻閤雜臘匝闔蛤衲逻鴿踏拓拉盍塌啞盒卅搭褡颯磕榼遏蹋蠟溘遢趿

【十六葉（帖同用）】 葉帖貼牒接獵妾蝶疊篋愜涉鬣捷頰楫［緝韻同］聶攝懾鑷躡協俠莢挾鋏浹睫厭魘蹀躞燮摺輒婕諜堞萐囁喋碟鰈撚曄躐笈［緝韻同］

【十七洽（狎、業、乏同用）】 洽狹峽法甲業鄴匣壓鴨乏怯劫脅插鍤押狎夾恰莢硤掐劄袷眨胛呷歃閘霎［葉韻同］

词林正韵

此龍榆生《唐宋詞格律》所附之《詞韻簡編》。龍氏所據，蓋即清人戈載所編《詞林正韻》，去其不常用之字，實有八千餘字，故稱簡編。

第一部

平聲：一東二冬通用

【一東】 東同童僮銅桐峒筒瞳中（中間）衷忠盅蟲沖終仲崇嵩（崧）菘戎絨弓躬宮穹融雄熊窮馮風楓瘋豐充隆窿空公功工攻蒙濛朦曹籠朧櫳嚨聾瓏礱瀧蓬篷洪葓紅虹鴻叢翁嗡匆蔥聰驄通棕烘崆

【二冬】 冬咚彤農儂宗淙鍾鐘龍蘢舂松淞沖容榕蓉溶庸

傭慵封胸凶匈洶雍邕癰濃膿重（重複）從（服從）逢縫峰鋒豐蜂烽葑縱（縱橫）蹤茸蚣邛笻跫供（供給）蚣喁

　　仄聲：上聲一董二腫　去聲一送二宋通用

　　【一董】　董懂動孔龍（東韻同）攏桶捅蓊蠓汞

　　【二腫】　腫種（種子）踵寵壠（隴）擁冗重（輕重）塚捧勇甬踴湧俑蛹恐拱竦悚聳鞏慫奉

　　【一送】　送夢鳳洞眾甕貢弄凍痛棟慟仲中（擊中）粽諷空（空缺）控哄贛

　　【二宋】　宋用頌誦統縱（放縱）訟種（種植）綜俸供（供設，名詞）從（僕從）縫（隙也）重（再也）共

第二部

　　平聲：三江七陽通用

　　【三江】　江缸窗邦降（降伏）雙瀧龐撞豇扛杠腔梆椿幢蚣（冬韻同）

　　【七陽】　陽楊揚洋羊徉佯芳妨方坊防肪房亡忘望（漾韻同）忙茫芒妝莊裝奘香鄉湘廂箱鑲薌相（相互）襄驤光昌堂唐糖棠塘章張王常長（長短）裳涼糧量（衡量）梁粱良霜藏（收藏）腸場嘗償床央鴦秧殃郎廊狼榔踉浪（滄浪）漿將（持也送

也）疆僵薑韁觴娘黃皇遑惶徨煌倉蒼艙滄傷殤商幫湯創（創傷）瘡強（剛強）牆檣嬙薔康慷（養韻同）囊狂糠岡剛鋼綱匡筐荒慌行（行列）杭航桁翔詳祥庠桑彰璋漳獐猖倡凰邙臧昂喪（喪葬）閶羌槍鏘搶（突也）蜣蹌篁簧璜潢攘瓤亢吭（漾養韻並同）旁傍（側也）孀驦當（應當）襠璫鐺泱蝗隍怏肓汪軮滂螂愴（漾韻同）緗琅頏悵螗

仄聲：上聲三講二十二養　去聲三絳二十三漾通用

【三講】　講港項棒蚌耩

【二十二養】　養癢象像橡仰朗獎奬蔣敞氅廠枉往頯強（勉強）惘兩曩丈杖仗（漾韻同）響掌黨想鯗榜爽廣享向饗幌莽紡長（長幼）綱蕩上（上升）壤賞仿罔讜倘魍魎誆蟒漭嗓盎恍髒骯髒〕吭沆慷繈鏹搶魟豭獷

【三絳】　絳降（升降）巷撞（江韻同）戇

【二十三漾】　漾上（上下）望（陽韻同）相（卿相）將（將帥）狀帳唱誆浪（波浪）釀曠壯放向忘仗（養韻同）暢量（數量）葬匠障瘴謗尚漲餉樣藏（庫藏）舫訪眖嶂當（適當）抗桁妄愴宕悵創醬況亮傍（依傍）喪（喪失）恙諒脹迥臟（內臟）吭碭伉壙纊桄擋旺炕亢（高亢）閬防

206

第三部

平聲：四支五微八齊十灰（半）通用

【四支】　支枝肢移篨為（施為）垂吹陂碑奇宜儀皮兒離施知馳池規危夷師姿遲龜眉悲之芝時詩棋旗辭詞期祠基疑姬絲司葵醫帷思滋持隨癡維厄麾墀彌慈遺肌脂雌披嬉屍狸炊湄籬茲差（參差）卑虧莸騎歧岐誰斯澌私窺熙欺疵觜羈彞髭頤資縻饑衰錐姨夔袛涯（佳、麻韻同）伊追緇其箕治（治國）尼而推匙陲魑錘縭璃驪羸陂羆糜蘼脾芘　畸犧羲曦欹漪猗崎崖萎篩獅螄鷗綏雛粢瓷椎飴嫠痍惟唯機耆逵鼻丕毗枇貔楣徽輜蚩嗤嫫颸颶墀蒔鰣鴟笞灘怡貽禧噫其琪祺麒崴螭梔鸝累跙琵峓

【五微】　微薇暉輝徽揮韋圍幃違闈霏菲（芳菲）妃飛非扉肥威祈畿機幾（微也，如見幾）譏璣稀希衣（衣服）依歸饑（支韻同）磯欷誹緋晞葳巍沂圻頎

【八齊】　齊黎犁梨妻（夫妻）萋淒堤低題提蹄啼雞稽兮倪霓西棲犀嘶撕梯鼙齎迷泥溪蹊圭閨攜畦稊躋奚臍醯鼇螫醍鵜奎批砒睽黃篦齏藜猊蛻鯢羝

【十灰（半）】　灰恢魁隈回徊槐（佳韻同）梅枚玫媒煤雷穨崔催摧堆陪杯醅嵬推（支韻同）詼裴培盃偎煨瑰茴追胚徘坯桅傀儡（賄韻同）莓

仄聲：上聲四紙五尾八薺十賄（半）

去聲四寘五未八霽九泰（半）十一隊（半）通用

【四紙】　紙只咫是靡彼毀委詭髓累技綺觜此沘蕊徙爾弭婢侈弛豕紫旨指視美否（否泰）痞兕幾姊比水軌止徵（角徵）市喜已紀跪妓蟻鄙嵒子仔梓矢雉死履壘癸趾址以已似秜祀史駛耳使（使令）裏理李起杞圮跂士仕俟始齒矣恥麂枳峙鯉邐氏璽巳（辰巳）滓苡倚匕迤邐旖旎艤虫虺芷擬你企誄箠屣箠揣豸祉恃

【五尾】　尾葦鬼豈卉幾（幾多）偉斐菲（菲薄）匪篚娓悱椲韙煒虺瑋蟣

【八薺】　薺禮體米啓陛洗邸底抵弟坻柢涕悌濟（水名）澧醴詆睞娣遞呢睨蠡

【十賄（半）】　賄悔罪餒每塊匯（匯合）猥璀磊蕾傀儡腿

【四寘】　寘置事地意志思（名詞）淚吏賜自字義利器位戲至次累（連累）偽寺瑞智記異致備肆翠騎（車騎，名詞）使（使者）試類棄餌媚鼻易（容易）轡墜醉議翅避笥幟熾粹蒔誼帥廁寄睡忌貳萃穗二臂嗣吹（鼓吹，名詞）遂恣四驥季刺駟寐魅積（積蓄）被懿覬冀愧匱恚饋賁笫櫃暨庇敊莉膩秘比（近也）鷙磬屜痓示嗜飼伺饋（饋遺）薏祟值惴屣皆罳企漬譬跛摰燧隧悴尿稚雉蒞悸肆泌識（記也）侍躓為（因為）

【五未】　未味氣貴費沸尉畏慰蔚魏緯胃彙（字彙）謂渭卉（尾韻同）諱毅既衣（著衣，動詞）螱溉（隊韻同）翡誹

【八霽】　霽制計勢世厲歲濟（渡也）第藝惠慧幣弟滯際涕（薺韻同）曆契（契約）敝弊斃帝蔽髻銳戾裔袂系祭衛隸閉

逝綴斁替細桂稅婿例誓筮蕙詣礪勵瘈噬繼脆睿毳曳蒂睇妻（以
女妻人）遞逮薊蚋薛荔唳捩糯泥（拘泥）媲嬖彗睥睨劑嚏諦締
剃屜悌儷鍥蕢掣羿棣螮薙娣說（遊說）贅憩鱖巇囈謎擠

【九泰（半）】　會斾最貝沛霈繪膾薈狽儈蛻酹外兌

【十一隊（半）】　隊內輩佩退碎背穢封廢悔誨晦昧配妹
喙潰吠肺耒塊碓刈悖焙淬敦（盤敦）

第四部

平聲：六魚七虞通用

【六魚】　魚漁初書舒居裾琚車（麻韻同）渠蕖餘予（我
也）譽（動詞）輿胥狙鋤疏蔬梳虛噓墟徐豬閭廬驢諸儲除滁蜍
如畬淤好苴蒩沮俎齟茹櫚於祛蘧疽蛆醵紓樗蹰（藥韻同）歟據
（拮据）

【七虞】　虞愚娛隅無蕪巫于衢痀瞿氍儒襦濡須需朱珠株
誅硃銖蛛殊俞瑜榆愉逾渝窬諛腴區軀驅嶇趨扶符鳧芙雛敷軗夫
膚紆輪樞廚俱駒模謨摹蒲逋胡湖瑚乎壺狐弧孤辜姑觚菰徒途塗
荼圖屠奴吾梧吳租盧鱸爐蘆顱壚蚨拏帑蘇酥烏汙（汙穢）枯粗
都荽侏姝禺拘崳躕桴俘臾萸涂籲瓠糊醐呼沽酤瀘艫轤鸕駑匍葡
鋪（鋪蓋）莆誣嗚迂盂竽跗毋孺醄鴣骷刳蛄晡蒱葫呱蝴劬殂猢
郛孚

仄聲：上聲六語七麌　去聲六禦七遇通用

【六語】　語（語言）圄圉吕侣旅杼佇與（給予）予（賜予）渚煮暑鼠汝茹（食也）黍杵處（居住、處理）貯女許拒炬距所楚礎阻俎沮敘緒嶼墅巨去（除也）苣舉詎澽滁鉅醑咀詛苧抒楮

【七麌】　麌雨宇舞府鼓虎古股賈（商賈）估土吐圖庾戶樹（種植，動詞）煦詡努輔組乳弩補魯櫓睹腐敷（動詞）簿豎普侮斧聚午伍釜縷部柱矩武五苦取撫浦主杜塢祖愈堵扈父甫禹羽怒（遇韻同）腑拊俯咠賭潙姥鸚拄莽（養韻同）栩寶寠脯嫵廡否（是否）麈褸簍使傴酤牡譜怙肚踽虜孥詁瞽牯羖祜滬雇仵缶母某畝蠱琥

【六禦】　禦處（處所）去慮譽（名詞）署據馭曙助絮著（顯著）箸豫恕與（參與）遽疏（書疏）庶預語（告也）踞倨蕷淤鋸覷狙（魚韻同）翥薯

【七遇】　遇路輅賂露鷺樹（樹木）度（制度）渡賦布步固素具務霧鶩數（數量）怒（麌韻同）附兔故顧句墓慕暮募註住駐炷祚裕誤悟寤戍庫遘護屢訴妒懼趣娶鑄綌傅付諭喻嫗芋捕哺互孺寓赴冱吐（麌韻同）汙（動詞）惡（憎惡）晤煦酗訃僕（傴僕）賻駙嫗錮蛀颶怖鋪（店鋪）塑愫蠹溯鍍璐雇瓠迕婦負阜副富（宥韻同）醋措

第五部

平聲：九佳（半）十灰（半）通用

【九佳（半）】　佳街鞋牌柴釵差（差使）崖涯（支麻韻同）偕階皆諧骸排乖懷淮豺儕埋霾齋槐（灰韻同）睚崽楷秸揩挨俳

【十灰（半）】　開哀埃臺苔抬該才材財裁栽哉來萊災猜孩徠駘胎唉垓挨毐呆腮

仄聲：上聲九蟹十賄（半）
去聲九泰（半）十卦（半）十一隊（半）通用

【九蟹】　蟹解灑楷（佳韻同）拐矮擺買駭

【十賄（半）】　海改採彩在宰醢鎧愷待殆怠乃載（歲也）凱闓倍蓓迨亥

【九泰（半）】　泰太帶外蓋大（箇韻同）瀨賴籟蔡害藹艾丐奈柰汏癩靄

【十卦（半）】　懈廨邂隘賣派債怪壞誡戒界介芥械薤拜快邁敗稗曬澥湃寨疥屆劀簀薑喟聵塊憊

【十一隊（半）】　塞（邊塞）愛代載（載運）態菜礙戴貸黛概岱溉慨耐在（所在）蕭玳再袋逮埭賚賽愾曖欬噯睞

第六部

平聲：十一真十二文十三元（半）通用

【十一真】　真因茵辛新薪晨辰臣人仁神親申身賓濱檳繽
鄰鱗麟珍瞋塵陳春津秦頻蘋顰瀕銀垠筠巾囷民岷泯（軫韻同）
瑉貧蓴淳醇純唇倫輪淪掄勻旬巡馴鈞均榛遵循甄宸綸椿鶉轔轔
磷呻伸紳寅姻荀詢峋氤恂嬪彬豳娠閩紉湮肫逡菌臻幽

【十二文】　文聞紋蚊雲分（分離）氛紛芬棼墳羣裙君軍
勤斤筋勳薰曛醺蕓耘芹欣氳葷汶汾殷雯賁紜昕熏

【十三元（半）】　魂渾溫孫門尊（樽）存敦墩燉暾蹲豚
村屯囤（囤積）盆奔論（動詞）昏痕根恩吞蓀捫褌昆鯤坤侖婚
閽髡鯤噴猻飩臀跟瘟飧

仄聲：上聲十一軫十二吻十三阮（半）
去聲十二震十三問十四願（半）通用

【十一軫】　軫敏允引尹盡忍准隼筍盾（阮韻同）閔憫菌
（真韻同）蚓牝殞緊蠢隕哂診疹賑腎蜃臏甸泯窘吮縝

【十二吻】　吻粉蘊憤隱謹近忿抆（問韻同）刎搵（願韻
同）槿瑾惲韞

【十三阮（半）】　混棍閫悃捆袞滾鯀穩本畚笨損忖囤遁
很沌懇墾齦

【十二震】　震信印進潤陣鎮刃順慎鬢晉駿閏峻齉振俊舜贐吝燼訊仞迅汛趁襯僅覲藺浚賑（軫韻同）齔認殯擯縉躪塵諄瞬靭浚殉饉

【十三問】　問聞（名譽）運暈韻訓糞忿（吻韻同）醞郡分（名分）紊慍近（動詞）扺（吻韻同）拚奮鄆捃靳

【十四願（半）】　論（名詞）恨寸困頓遁（阮韻同）鈍悶遜嫩溷諢巽褪噴（元韻同）艮搵（吻韻同）

第七部

平聲：十三元（半）十四寒十五刪一先通用

【十三元（半）】元原源沅黿園袁猿垣煩蕃樊喧萱暄冤言軒藩媛援轅番繁翻幡璠駌鵷蜿湲爰掀燔圂諼

【十四寒】　寒韓翰（翰韻同）丹單安鞍難（艱難）餐檀壇灘彈殘乾肝竿闌欄瀾蘭看（翰韻同）刊丸完桓紈端湍酸團攢官觀（觀看）鸞巒孿冠（衣冠）歡寬盤蟠漫（大水貌）歎邯鄲攤玕攔珊狻骭杆跚姍彈簞癉讕獾倌棺剜潘拚（問韻同）槃般蹣瘢磐瞞謾饅鰻鑽摶邗汗（可汗）

【十五刪】　刪潸關彎灣還環鬟寰班斑蠻顏奻攀頑山閑艱間（中間）慳患（諫韻同）孱潺擐圜菅殷（寒韻同）頒鬢疝訕斕嫻鷳鰥殷（赤黑色）綸（綸巾）

213

【一先】　先前千阡箋天堅肩賢弦煙燕（地名）蓮憐連田填巔鬟宣年顛牽妍研（研究）眠淵涓捐娟邊編懸泉遷仙鮮（新鮮）錢煎然延筵氈旃蟬纏鏖聯篇偏綿全鐫穿川緣鳶旋船涎鞭專圓員乾（乾坤）虔愆權拳椽傳焉嫣轅褰搴鉛舷躚鵑筌痊詮悛遄（銓韻同）禪嬋躔顓燃漣璉便（安也）翩駢癲闐鈿（霰韻同）沿蜒胭芊鯿胼滇佃畋咽湮狷蠲蔫騫膻扇棉拴荃秈磚攣儇歡璿卷（曲也）扁（扁舟）單（單于）濺（濺濺）犍

仄聲：上聲十三阮（半）十四旱十五潸十六銑
　　去聲十四願（半）十五翰十六諫十七霰通用

【十三阮（半）】　阮遠（遠近）晚苑返反飯（動詞）偃蹇琬沅宛畹菀蜿綣巘挽堰

【十四旱】　旱暖管琯滿短館（翰韻同）緩盌（翰韻同）碗懶傘伴卵散（散佈）伴誕罕瀚（浣）斷（斷絕）侃算（動詞）款但坦袒纂緞拌懣讕莞

【十五潸】　潸眼筒版板阪盞產限綰柬揀撰饌赧皖汕鏟屛棟棧

【十六銑】　銑善（善惡）遣（遣送）淺典轉（霰韻同）衍犬選冕輦免展繭辨篆勉剪捲顯餞（霰韻同）踐喘蘚軟蹇（阮韻同）演克件腆跣緬繾鮮（少也）珍扁匾蜆峴吮燹雋鍵變泫癬闡顫膳鱔舛婉齻遄（先韻同）巘辮撚

【十四願（半）】　願怨萬飯（名詞）獻健建憲勸蔓券遠（動詞）侃鍵販販曼挽（挽聯）瑗媛圈（豬圈）

【十五翰】　翰（寒韻同）瀚岸漢難（災難）斷（決斷）亂歎（寒韻同）覯（樓觀）幹（樹幹，幹練）散（解散）旦算（名詞）玩爛貫半案按炭汗贊漫（寒韻同。又副詞，獨用）冠（冠軍）灌爨竄幔粲燦璨換煥喚渙悍彈（名詞）憚段看（寒韻同）判叛絆鸛伴畔鍛腕惋館旰捍疸但罐盥婉緞縵侃蒜鑽讕

【十六諫】　諫雁患澗間（間隔）宦晏慢盼篆棧（潸韻同）慣串綻幻瓣莧辦謾汕（刪韻同）鏟綰孿篡襉扮

【十七霰】　霰殿面縣變箭戟戰扇煽膳傅（傅記）見硯院練鏈燕宴賤饌薦絹彥掾便（便利）眷倦羨奠遍戀囀眩釧倩卞汴片禪（封禪）譴濺錢善（動詞）轉（以力轉動）卷（書卷）甸電咽茜單念（念書）眄澱靛佃鈿（先韻同）鏃漩揀繕現狷炫絢綻線煎選旋顫擅緣（衣飾）撰喭諺媛忭弁援研（磨研）

第八部

平聲：二蕭三肴豪通用

【二蕭】　蕭簫挑貂刁凋雕迢條髫調（調和）蜩梟澆聊遼寥撩寮僚堯宵消霄綃銷超朝潮囂驕嬌蕉焦椒饒硝燒（焚燒）遙徭搖謠瑤韶昭招鑣瓢苗貓腰橋喬嬈妖飄逍瀟鴞驍祧鷂鷯繚獠嘹夭（夭夭）麼邀要（要求）姚樵譙憔橾飆嫖漂（漂浮）剽佻韶苕岧噍嘵蹺僥了（明瞭）魈嶢描剿軺橈銚鷗翹桥僑窯礁

【三肴】 肴巢交郊茅嘲鈔包膠苞梢姣庖匏坳敲胞抛蛟崤鵁鞘抄蝥咆哮凹淆教（使也）跑艄捎爻咬鐃茭炮（炮製）泡鮫刨抓

【四豪】 豪勞毫操（操持）髦絛刀萄猱褒桃糟旄袍撓（巧韻同）蒿濤皋號（號呼）陶鼇曹遭羔糕高搔毛艘滔騷韜繅膏牢醪逃濠壕饕洮淘叨啕篙熬遨翱嗷臊嗥尻鏖螯獒敖麾漕嘈槽掏嘮澇撈癆芼（皓韻同）

仄聲：上聲十七篠十八巧十九皓

去聲十八嘯十九效二十號通用

【十七篠】 篠小表鳥了（未了，了得）曉少（多少）擾繞紹杪沼眇矯皎杳窈窕嫋挑（挑撥）掉（嘯韻同）肇縹緲渺淼蔦趙兆繳繚（蕭韻同）夭（夭折）悄舀僥蓼嬈磽剿晁藐秒殍瞭（瞭望）

【十八巧】 巧飽卯狡爪鮑撓（豪韻同）攪絞拗咬炒吵佼姣（肴韻同）昴茆獠（蕭韻同）

【十九皓】 皓寶藻早棗老好（好醜）道稻造（造作）腦惱島倒（跌倒）禱（號韻同）搗抱討考燥掃（號韻同）嫂保鴇稿草昊浩鎬杲縞槁堡皂瑙媼燠襖懊葆褓芼（豪韻同）澡套澇蚤拷栲

【十八嘯】 嘯笑照廟竅妙詔召邵要（重要）曜耀調（音調）釣吊叫眺少（老少）誚料療潦掉（篠韻同）嶠徼跳嘹漂鐐廖尿肖鞘悄（篠韻同）峭哨俏醮燎（篠韻同）鷂鷂轎驃票銚（蕭韻同）

【十九效】　效教（教訓）貌校孝鬧豹罩棹覺（寢也）較窘爆炮（槍炮）泡（肴韻同）刨（肴韻同）稍鈔（肴韻同）抝敲（肴韻同）淖

【二十號】　號（號令）帽報導操（操行）盜噪灶奧告（告訴）誥到蹈傲暴（強暴）好（愛好）勞（慰勞）躁造（造就）冒悼倒（顛倒）燥犒靠懊璈燠（皓韻同）耄糙套（皓韻同）纛（沃韻同）潦耗

第九部

平聲：五歌獨用

【五歌】　歌多羅河戈阿和（和平）波科柯陀娥蛾鵝蘿荷（荷花）何過（經過）磨（琢磨）螺禾珂蓑婆坡呵哥軻沱鼉拖駝跎佗（他）頗（偏頗）峨俄摩麼姿莎迦痾苛蹉嵯馱籮邏鑼哪挪鍋訶窠蝌髁倭渦窩訛陂都嶓魔梭唆騾捼（個韻同）靴瘸搓哦瘥酡

仄聲：上聲二十哿去聲二十一個通用

【二十哿】　哿火舸郭舵我拖娜荷（負荷）可左果裸朵鎖瑣墮惰妥坐（坐立）裸跛頗（稍也）夥顆禍椏婀邏卵那坷爹

217

（麻韻同）簸叵垜哆硪麽（歌韻同）峨（歌韻同）

【二十一個】　個賀佐大（泰韻同）餓過（歌韻同。又過失，獨用）座和（唱和）挫課唾播破臥貨簸軻（轗軻）馱騍（歌韻同）磋作做剁磨（磨磐）懦糯縛銼挼（歌韻同）些（楚些）哪

第十部

平聲：九佳（半）六麻通用

【九佳（半）】　佳涯（支麻韻同）媧蝸蛙娃哇

【六麻】　麻花霞家茶華沙車（魚韻同）牙蛇瓜斜邪芽嘉瑕紗鴉遮叉奢涯（支佳韻同）巴耶嗟迤加笳賒槎差（差錯）蟆驊蝦葭袈裟砂葤呀琶耙芭杷笆疤爬葩些（少也）佘鯊查楂渣爹撾吒拿椰珈跏枷迦痂茄椏丫啞劃嘩誇胯抓窪呱

仄聲：上聲二十一馬　去聲十卦（半）二十二禡通用

【二十一馬】　馬下（上下）者野雅瓦寡社寫瀉夏（華夏）也把廈惹冶賈（姓賈）假（真假）且瑪姐舍喏赭灑踤剮打耍那

【十卦（半）】　卦掛畫（圖畫）

【二十二禡】　禡駕夜下（降也）謝榭罷夏（春夏）霸暇灞嫁赦籍（憑籍）假（休假）蔗化舍（廬舍）價射罵稼架詐亞麝怕借卸帕壩靶鷓貰炙嘎乍吒詫侘罅嚇婭啞訝迓華（姓華）樺話胯（遇韻同）跨衩柘

第十一部

平聲：八庚九青十蒸通用

【八庚】　庚更（更改）羹盲橫（縱橫）觥彭亨英烹平枰京驚荊明盟鳴榮瑩兵兄卿生甥笙牲擎鯨迎行（行走）衡耕萌甍巨集閎莖罌鶯櫻泓橙爭箏清情晴精睛菁晶旌盈楹瀛嬴贏營嬰纓貞成盛（盛受）城誠呈程醒聲徵正（正月）輕名令（使令）並（並州）傾縈瓊峰嶸撐粳坑鏗攖鸚黥蘅澎膨棚浜坪蘋鉦傖欒嚶轟錚猙獰瞠繃怦瓔砰泯鯖偵樫蟶笙頳甇塋黌瞠

【九青】　青經涇形陘亭庭廷霆蜓停丁仃馨星腥醒（醉醒）惺俜靈齡玲鈴伶零聽（徑韻同）冥溟銘瓶屏萍熒螢榮扃垌鶺蜻硎苓聆瓴翎娉婷寧暝瞑螟猩釘疔叮廳町泠欞囹羚蛉嚀型邢

【十蒸】　蒸烝承丞懲陵凌綾菱冰膺鷹應（應當）蠅繩升繒懲乘（駕乘，動詞）勝（勝任）興（興起）仍兢矜徵（徵求）稱（稱讚）登燈僧憎增曾矰層能朋鵬肱罾騰藤恒罾崩縢謄崚嶒姮塍馮症簦醟凝（徑韻同）棱楞

仄聲：上聲二十三梗二十四迥
去聲二十四敬二十五徑通用

【二十三梗】　梗影景井嶺領境警請餅永騁逞穎潁頃整靜省幸頸郢猛丙炳杏秉耿礦冷靖哽緄荇艋蜢皿儆悻婧阱猙（庚韻同）靚悻打瘦併（合併，敬韻同）獷眚憬鯁

【二十四迥】　迥炯茗挺艇梃醒（青韻同）酩酊並（並行，並且）等鼎頂肯拯謦到溟

【二十四敬】　敬命正（正直）令（命令）證性政鏡盛（茂盛）行（學行）聖詠姓慶映病柄勁競靚淨竟孟靜更（更加）併（合併，梗韻同）聘硬炳泳進橫（蠻橫）摒阱檠迎鄭獍

【二十五徑】　徑定聽勝（勝敗）磬馨應（答應）贈乘（名詞）佞鄧證秤稱（相稱）瑩（庚韻同）孕興（興趣）剩凭（蒸韻同）逕甑寧脛暝（夜也）釘（動詞）訂酊錠罄濘瞪蹭蹬亙（亙古）鐙（鞍鐙）澄凳磴涇

第十二部

平聲：十一尤獨用

【十一尤】　尤郵優疣流旒留騮榴劉由油遊猷悠攸牛修羞秋周州洲舟酬儔柔儔疇籌稠丘邱抽瘳遒收鳩搜驊愁休囚求裘仇

浮謀牟眸伾矛侯喉猴謳鷗樓陬偷頭投鉤溝幽紏啾楸蚯躊綢惆勾
婁琉疣猶鄒兜呦咻貅球蜉蝣輈幬圓瘤硫瀏庥湬泅酋甌啁颼鍪篌
摳篝謳骰僂漚（水泡，名詞）螻髏摟毆彪掊虯揉踩抔不（與有
韻“否”通）瓿繆（綢繆）

　　仄聲：上聲二十五有　去聲二十六宥通用

　　【二十五有】　有酒首口母（麌韻同）婦（麌韻同）後柳
友狗久負（麌韻同）厚手叟守否（麌韻同）右受牖偶走阜（虞
麌韻同）九後咎蔞吼帚垢舅紐藕朽臼肘韭畝（麌韻同）剖誘牡
（麌韻同）缶酉苟醜糗扣叩某莠壽綬玖授蹂（尤韻同）揉（尤
韻同）溲紂鈕扭嘔毆糾耦掊瓿栳姆擻綹抖陡蚪簍黝赳取（麌韻
同）

　　【二十六宥】　宥候就售（尤韻同）壽（有韻同）秀繡
宿（星宿）奏獸漏富（遇韻同）陋狩晝寇茂舊胄宙袖岫柚覆復
（又也）救廄臭佑右囿豆餖竇瘦漱咒究疚謬皺詬嗅遘溜鏤逗透
驟又侑幼讀（句讀）堠僕副（遇韻同）鏽鷲繆縐灸簉酎詬蔻僽
構扣購彀戊懋貿袤嗽湊貁瞀漚（動詞）

第十三部

平聲：十二侵獨用

【十二侵】 侵尋潯臨林霖針箴斟沈心琴禽擒衾欽吟今襟（衿）金音陰岑簪（覃韻同）壬任（負荷）歆森禁（力所勝任）祲暗琛涔駸參（參差）忱淋妊摻參（人參）椹郴芩檎琳蟫（覃韻同）愔喑黔嵚

仄聲：上聲二十六寢　去聲二十七沁通用

【二十六寢】 寢飲（歠食）錦品枕（枕衾）審甚（沁朗同）廩袵稔凜懍沈（姓氏）朕荏嬸沈（瀋陽）葚稟噤譖怎恁鋟覃

【二十七沁】 沁飲（使欲）禁（禁令）任（信任）蔭浸譖讖枕（動詞）噤甚（寢韻同）鴆賃暗滲窨妊

第十四部

平聲：十三覃十四鹽十五鹹通用

【十三覃】 覃潭參（參考）驂南楠男諵庵含涵函（包函）嵐蠶探貪耽眈龕堪談甘三酣柑慚藍攬簪（侵韻同）譚曇壇

嫠戡頷痰籃襤蚶憨泔聃邯蟫（侵韻同）

【十四鹽】　鹽簷廉簾嫌嚴占（占卜）髯謙奩纖籤瞻蟾炎添兼縑沾尖潛閻鐮黏淹鉗甜恬拈砭詹兼殲黔鈐僉覘崦漸鶼醃襜閻

【十五鹹】　鹹函（書函）緘岩讒銜帆衫杉監（監察）凡饞芟攙喃嵌摻巉（韻同）

仄聲：上聲二十七感二十八儉二十九豏
去聲二十八勘二十九艷三十陷通用

【二十七感】　感覽攬膽澹（淡，勘韻同）啖坎慘敢頷（覃韻同）撼毯糁湛菡萏罱椷喊嵌（鹹韻同）橄欖

【二十八儉】　儉焰斂（艷韻同）險檢臉染掩點簟貶冉苒陝陷儼閃剡忝（艷韻同）琰奄歉芡嶄塹漸（鹽韻同）罨撿弇崦玷

【二十九豏】　檻範減艦犯湛巉（鹹韻同）斬黤範

【二十八勘】　勘暗濫啖擔憾暫三（再三）紺憨澹（鹹韻同）瞰淡纜

【二十九艷】　艷劍念驗塹瞻店占（佔據）斂（聚斂）厭焰（儉韻同）墊欠僭釅激灩俺砭玷

【三十陷】　陷鑒泛梵懺賺蘸嵌站餡

第十五部

入聲：一屋二沃通用

【一屋】　屋木竹目服福祿穀熟肉族鹿漉腹菊陸軸逐苜蓿宿（住宿）牧伏夙讀（讀書）犢瀆櫝牘縠復（恢復）粥肅磟鬻育六縮哭幅斛戮僕畜蓄叔淑倏獨萄馥沐速祝麓轆簇蹙築穆睦禿縠覆輻瀑鬱（憂鬱，鬱鬱蔥蔥）舳掬踘蹴跼茯袱鵬鵒髑槲撲匐簌蔟煜複（複雜）蝠菔孰塾蠹竺曝鞠嗽謖簏國（職韻同）副

【二沃】　沃俗玉足曲粟燭屬錄辱獄綠毒局欲束鵠蜀促觸續浴酷躅褥旭欲篤督贖渌纛碡北（職韻同）矚囑勖溽縟梏

第十六部

入聲：三覺十藥通用

【三覺】　覺（知覺）角桷榷岳樂（音樂）捉朔數（頻數）卓啄琢剝駁雹璞樸殼確濁擢濯渥幄握學齷齪槊搦鐲喔邈挈

【十藥】　藥薄惡（善惡）作樂（哀樂）落閣鶴爵弱約腳雀幕洛鑿索郭錯躍若酌托削鐸鑿箔鵲諾蕚度（測度）橐翁鑰龠淪著著虐掠獲（收穫）泊搏藿嚼勺瘧廓綽霍鑊莫籜縛貉各略駱

寞膜鄂博昨柝格拓鞶鑠爍灼瘼蓂箬芍蹯邵噱矍攫醵踱魄酪絡烙
珞膊粕簿柞漠摸酢怍涸郝堊諤鼉罷鍔顎繳擴槨陌（陌韻同）

第十七部

入聲：四質十一陌十二錫十三職十四緝通用

【四質】　質日筆出室實疾術一乙壹吉秩率律逸佚失漆慄
畢恤密蜜桔溢瑟膝匹述黜弼躓七叱卒（終也）虱悉戌嫉帥（動
詞）蒺佶躓怵蟋篳篥必泌蓽秫櫛唧帙溧謐昵軼聿詰耋垤捽（月
韻同）苗臂鷸窒苾

【十一陌】　陌石客白澤伯跡宅席策冊碧籍（典籍）格役
帛戟璧驛麥額柏魄積（積聚）胍夕液尺隙逆畫（動詞）百闢赤
易（變易）革脊翮屐獲（獵獲）適索厄隔益窄核烏擲嘖坼惜癖
僻掖腋釋譯崿擇摘弈奕迫疫昔赫瘠謫亦碩貊蹟鵲磧蹐只炙（動
詞）躑斥奅鬲骼舶珀嚇薺磔拆喀蚱舴劇欂擘柵嘖幘簀扼劃蜴嚙
幗蟈剌脊汐藉螫　摑襞虢啞（笑聲）繹射（音亦）

【十二錫】　錫壁曆櫪擊績勣笛敵滴鏑檄激覿溺覓狄荻
冪戚鷁滌的吃瀝靂霹惕剔礫翟糴倜析晰淅蜥劈甓嫡鷞櫟闃菂踢
迪晢裼逖蜺（屑韻同）闋汨（汨羅江）

【十三職】　職國德食（飲食）蝕色力翼墨極殛息熄直值
得北黑側賊飾刻則塞（閉塞）式軾域螆殖植敕亟棘惑忒默織匿
慝億憶臆薏特勒肋幅仄昃稷識（知識）逼克即唧（質韻同）弋

拭陟惻測翊洫嗇穡鯽抑或閾（屋韻同）

【十四緝】　緝輯戢立集邑急入泣濕習給十拾襲及級澀楫（葉韻同）粒汁蟄執笠隰汲吸縶挹浥悒岌熠葺什芨廿揖煜（屋韻同）歙笈（葉韻同）圾褶翕

第十八部

入聲：五物六月七曷八黠九屑十六葉通用

【五物】　物佛拂屈鬱（馥鬱，鬱鬱乎文哉）乞掘（月韻同）吃（口吃）訖紱弗勿迄不怫緋沸苿厥倔黻崛尉蔚契屹熨（未韻同）絨

【六月】　月骨發闕越謁沒伐罰卒（士卒）竭窟笏鉞歇突忽襪日閥筏鶻（黠韻同）厥（物韻同）蹶蕨歿橛掘（物韻同）核蠍勃渤悖（隊韻同）孛揭（屑韻同）碣粵樾鱖脖餑鶻捽（質韻同）猝惚兀訥（吶）羯凸咄（曷韻同）矻

【七曷】　曷達末闊缽脫奪褐割沫拔（挺拔）葛闥渴撥豁括抹遏撻跋撮潑秫掇（屑韻同）聒獺（黠韻同）剌喝磕鑿瘌襪活鴰斡怛鈸捋

【八黠】　黠拔（拔擢）八察殺刹軋戛瞎刮刷滑轄鍛猾捌叭劄紮帕茁鶻挜薩捺

【九屑】　屑節雪絕列烈結穴說血舌潔別缺裂熱決鐵滅折

226

拙切悦轍訣泄鍥咽（嗚咽）軼噎微澈哲鷩設齧劣玦截竊孽浙子桔頡拮擷揭褐（曷韻同）纈碣（月韻同）挈抉褻薛拽（曳）蒜冽瞥迭跌閱饔臺埒捏頁闋觖譎鳩撒蹩簽楔愒輟啜綴撤紲傑桀涅霓蜺（錫韻同）批（齊韻同）

【十六葉】 葉帖貼牒接獵妾蝶疊篋愜涉鬣捷頰楫（緝韻同）聶攝懾鑷蹀協俠莢挾鋏浹睫厭靨蹀躞燮摺輒婕諜堞霎囁喋碟鰈撚曄蹑笈（緝韻同）

第十九部

入聲：十五合十七洽通用

【十五合】 合塔答納榻閣雜臘匝闔蛤衲遢鴿踏拓拉盍塌咂盒卅搭褡颯磕榼遏蹋蠟溘邋跋

【十七洽】 洽狹峽法甲業鄴匣壓鴨乏怯劫脅插鍤押狎夾恰蛱硤掐劄袷眨胛呷歃閘霎（葉韻同）

笠翁对韵

［清］李渔

《笠翁对韵》是一本讲对仗的小书，里面例句整齐、生动，能让我们熟悉对仗的特点，体会对仗的乐趣，对于读诗写诗很有帮助。而且，书中篇目按《平水韵》排列，即篇内是押韵的，而且都押这一个韵的字。这样一来，不仅熟悉了对仗，还熟悉了诗韵，可谓一举两得。

一东

天对地，雨对风。大陆对长空。山花对海树，赤日对苍穹。雷隐隐，雾蒙蒙。日下对天中。风高秋月白，雨霁晚霞红。牛女二星河左右，参商两曜斗西东。十月塞边，飒飒寒霜惊戍旅；三冬江上，漫漫朔雪冷渔翁。

河对汉，绿对红。雨伯对雷公。烟楼对雪洞，月殿对天宫。云叆叇，日曈曚。蜡屐对渔篷。过天星似箭，吐魄月如弓。驿旅客逢梅子雨，池亭人挹藕花风。茅店村前，皓月坠林鸡唱韵；板桥路上，青霜锁道马行踪。

山对海，华对嵩。四岳对三公。宫花对禁柳，塞雁对江龙。清暑殿，广寒宫。拾翠对题红。庄周梦化蝶，吕望兆飞熊。北牖当风停夏扇，南帘曝日省冬烘。鹤舞楼头，玉笛弄残仙子月；凤翔台上，紫箫吹断美人风。

二冬

晨对午，夏对冬。下晌对高春。青春对白昼，古柏对苍松。垂钓客，荷锄翁。仙鹤对神龙。凤冠珠闪烁，螭带玉玲珑。三元及第才千顷，一品当朝禄万钟。花萼楼前，仙李盘根调国脉；沉香亭畔，娇杨擅宠起边风。

清对淡，薄对浓。暮鼓对晨钟。山茶对石菊，烟锁对云封。金菡萏，玉芙蓉。绿绮对青锋。早汤先宿酒，晚食继朝饔。唐库金钱能化蝶，延津宝剑会成龙。巫峡浪传，云雨荒唐神女庙；岱宗遥望，儿孙罗列丈人峰。

繁对简，叠对重。意懒对心慵。仙翁对释伴，道范对儒宗。花灼灼，草茸茸。浪蝶对狂蜂。数竿君子竹，五树大夫松。高皇灭项凭三杰，虞帝承尧殛四凶。内苑佳人，满地风光愁不尽；边关过客，连天烟草憾无穷。

三江

奇对偶，只对双。大海对长江。金盘对玉盏，宝烛对银釭。朱漆槛，碧纱窗。舞调对歌腔。兴汉推马武，谏夏著龙逄。四收列国群王伏，三筑高城众敌降。跨凤登台，潇洒仙姬秦弄玉；斩蛇当道，英雄天子汉刘邦。

颜对貌，像对庞。步辇对徒杠。停针对搁竺，意懒对心降。灯闪闪，月幢幢。揽辔对飞艟。柳堤驰骏马，花院吠村龙。酒量微熏琼杏颊，香尘没印玉莲双。诗写丹枫，韩女幽怀流节水；泪弹斑竹，舜妃遗憾积湘江。

四支

泉对石，干对枝。吹竹对弹丝。山亭对水榭，鹦鹉对鸬鹚。五色笔，十香词。泼墨对传卮。神奇韩干画，雄浑李陵诗。几处花街新夺锦，有人香径淡凝脂。万里烽烟，战士边头争保塞；一犁膏雨，农夫村外尽乘时。

俎对醢，赋对诗。点漆对描脂。瑶簪对珠履，剑客对琴师。沽酒价，买山资。国色对仙姿。晚霞明似锦，春雨细如丝。柳绊长堤千万树，花横野寺两三枝。紫盖黄旗，天象预占江左地；青袍白马，童谣终应寿阳儿。

箴对赞，缶对卮。萤焰对蚕丝。轻裾对长袖，瑞草对灵芝。流涕策，断肠诗。喉舌对腰肢。云中熊虎将，天上凤凰儿。禹庙千年垂桔柚，尧阶三尺覆茅茨。湘竹含烟，腰下轻纱笼玳瑁；海棠经雨，脸边清泪湿胭脂。

争对让，望对思。野葛对山栀。仙风对道骨，天造对人为。专诸剑，博浪椎。经纬对干支。位尊民物主，德重帝王师。望切不妨人去远，心忙无奈马行迟。金屋闭来，赋乞茂陵题柱笔；玉楼成后，记须昌谷负囊词。

五微

贤对圣，是对非。觉奥对参微。鱼书对雁字，草舍对柴扉。鸡晓唱，雉朝飞。红瘦对绿肥。举杯邀月饮，骑马踏花归。黄盖能成赤壁捷，陈平善解白登危。太白书堂，瀑泉垂地三千尺；孔明祀庙，老柏参天四十围。

戈对甲，幄对帷。荡荡对巍巍。严滩对邵圃，靖菊对夷薇。占鸿渐，采凤飞。虎榜对龙旗。心中罗锦绣，口内吐珠玑。宽宏豁达高皇量，叱咤暗哑霸王威。灭项兴刘，狡兔尽时走狗死；连吴拒魏，貔貅屯处卧龙归。

衰对盛，密对稀。祭服对朝衣。鸡窗对雁塔，秋榜对春闱。乌衣巷，燕子矶。久别对初归。天姿真窈窕，圣德实光辉。蟠桃紫阙来金母，岭荔红尘进玉妃。霸王军营，亚父丹心撞玉斗；长安酒市，谪仙狂兴换银龟。

六鱼

羹对饭，柳对榆。短袖对长裾。鸡冠对凤尾，芍药对芙蕖。周有若，汉相如。王屋对匡庐。月明山寺远，风细水亭虚。壮士腰间三尺剑，男儿腹内五车书。疏影暗香，和靖孤山梅蕊放；轻阴清昼，渊明旧宅柳条舒。

吾对汝，尔对余。选授对升除。书箱对药柜，耒耜对耰锄。参虽鲁，回不愚。阀阅对阎闾。诸侯千乘国，命妇七香车。穿云采药闻仙犬，踏雪寻梅策蹇驴。玉兔金乌，二气精灵为日月；洛龟河马，五行生克在图书。

欹对正，密对疏。囊橐对苞苴。罗浮对壶峤，水曲对山纡。骖鹤驾，待鸾舆。桀溺对长沮。搏虎卞庄子，当熊冯婕妤。南阳高士吟梁父，西蜀才人赋子虚。三径风光，白石黄花供杖履；五湖烟景，青山绿水在樵渔。

七虞

红对白，有对无。布谷对提壶。毛锥对羽扇，天阙对皇都。谢蝴蝶，郑鹧鸪。蹈海对归湖。花肥春雨润，竹瘦晚风疏。麦饭豆糜终创汉，莼羹鲈鲙竟归吴。琴调轻弹，杨柳月中潜去听；酒旗斜挂，杏花村里共来沽。

罗对绮，茗对蔬。柏秀对松枯。中元对上巳，返璧对还珠。云梦泽，洞庭湖。玉烛对冰壶。苍头犀角带，绿鬓象牙梳。松阴白鹤声相应，镜里青鸾影不孤。竹户半开，对牖不知人在否；柴门深闭，停车还有客来无。

宾对主，婢对奴。宝鸭对金凫。升堂对入室，鼓瑟对投壶。觇合璧，颂联珠。提瓮对当垆。仰高红日近，望远白云孤。歆向秘书窥二西，机云芳誉动三吴。祖饯三杯，老去常斟花下酒；荒田五亩，归来独荷月中锄。

君对父，魏对吴。北岳对西湖。菜蔬对茶饭，苣笋对菖蒲。梅花数，竹叶符。廷议对山呼。两都班固赋，八阵孔明图。田庆紫荆堂下茂，王裒青柏墓前枯。出塞中郎，祗有乳时归汉室；质秦太子，马生角日返燕都。

八齐

鸾对凤，犬对鸡。塞北对关西。长生对益智，老幼对旄倪。颁竹策，剪桐圭。剥枣对蒸梨。绵腰如弱柳，嫩手似柔荑。狡兔能穿三穴隐，鹪鹩权借一枝栖。甪里先生，策杖垂绅扶少主；於陵仲子，辟纑织履赖贤妻。

鸣对吠，泛对栖。燕语对莺啼。珊瑚对玛瑙，琥珀对玻璃。绛县老，伯州犁。测蠡对燃犀。榆槐堪作荫，桃李自成蹊。投巫救女西门豹，赁浣逢妻百里奚。阙里门墙，陋巷规模原不陋；隋堤基址，迷楼踪迹亦全迷。

越对赵，楚对齐。柳岸对桃溪。纱窗对绣户，画阁对香闺。修月斧，上天梯。蟠蛛对虹霓。行乐游春圃，工谀病夏畦。李广不封空射虎，魏明得立为存麑。按辔徐行，细柳功成劳王敬；闻声稍卧，临泾名震止儿啼。

九佳

门对户，陌对街。枝叶对根荄。斗鸡对挥麈，凤髻对鸾钗。登楚岫，渡秦淮。子犯对夫差。石鼎龙头缩，银筝雁翅排。百年诗礼延馀庆，万里风云入壮怀。能辨名伦，死矣野哉悲季路；不由径窦，生乎愚也有高柴。

冠对履，袜对鞋。海角对天涯。鸡人对虎旅，六市对三街。陈俎豆，戏堆埋。皎皎对皑皑。贤相聚东阁，良朋集小斋。梦里山川书越绝，枕边风月记齐谐。三径萧疏，彭泽高风怡五柳；六朝华贵，琅琊佳气种三槐。

勤对俭，巧对乖。水榭对山斋。冰桃对雪藕，漏箭对更牌。寒翠袖，贵荆钗。慷慨对诙谐。竹径风声籁，花溪月影筛。携囊佳韵随时贮，荷锄沉酣到处埋。江海孤踪，云浪风涛惊旅梦；乡关万里，烟峦云树切归怀。

杞对梓，桧对楷。水泊对山崖。舞裙对歌袖，玉陛对瑶阶。风入袂，月盈怀。虎兕对狼豺。马融堂上帐，羊侃水中斋。北面黉宫宜拾芥，东巡岱畤定燔紫。锦缆春江，横笛洞箫通碧落；华灯夜月，遗簪堕翠遍香街。

十灰

春对夏，喜对哀。大手对长才。风清对月朗，地阔对天开。游阆苑，醉蓬莱。七政对三台。青龙壶老杖，白燕玉人钗。香风十里望仙阁，明月一天思子台。玉橘冰桃，王母几因求道降；莲舟藜杖，真人原为读书来。

朝对暮，去对来。庶矣对康哉。马肝对鸡肋，杏眼对桃腮。佳兴适，好怀开。朔雪对春雷。云移鸤鹊观，日晒凤凰台。河边淑气迎芳草，林下轻风待落梅。柳媚花明，燕语莺声浑是笑；松号柏舞，猿啼鹤唳总成哀。

忠对信，博对赊。忖度对疑猜。香消对烛暗，鹊喜对蛩哀。金花报，玉镜台。倒辇对衔杯。岩巅横老树，石磴覆苍苔。雪满山中高士卧，月明林下美人来。绿柳沿堤，皆因苏子来时种；碧桃满观，尽是刘郎去后栽。

十一真

莲对菊，凤对麟。浊富对清贫。渔庄对佛舍，松盖对花茵。萝月叟，葛天民。国宝对家珍。草迎金埒马，花醉玉楼人。巢燕三春尝唤友，塞鸿八月始来宾。古往今来，谁见泰山曾作砺；天长地久，人传沧海几扬尘。

兄对弟，吏对民。父子对君臣。勾丁对甫甲，赴卯对同寅。折桂客，簪花人。四皓对三仁。王乔云外鸟，郭泰雨中巾。人交好友求三益，士有贤妻备五伦。文教南宣，武帝平蛮开百越；义旗西指，韩侯扶汉卷三秦。

申对午，侃对訚。阿魏对茵陈。楚兰对湘芷，碧柳对青筠。花馥馥，叶蓁蓁。粉颈对朱唇。曹公奸似鬼，尧帝智如神。南阮才郎差北富，东邻丑女效西颦。色艳北堂，草号忘忧忧甚事；香浓南国，花名含笑笑何人。

十二文

忧对喜，戚对欣。二典对三坟。佛经对仙语，夏耨对春耘。烹早韭，剪春芹。暮雨对朝云。竹间斜白接，花下醉红裙。掌握灵符五岳篆，腰悬宝剑七星纹。金锁未开，上相趋听宫漏永；珠帘半卷，群僚仰对御炉薰。

词对赋，懒对勤。类聚对群分。鸾箫对凤笛，带草对香芸。燕许笔，韩柳文。旧话对新闻。赫赫周南仲，翩翩晋右军。六国说成苏子贵，两京收复郭公勋。汉阙陈书，侃侃忠言推贾谊；唐廷对策，岩岩直谏有刘蕡。

言对笑，绩对勋。鹿豕对羊羵。星冠对月扇，把袂对书裙。汤事葛，说兴殷。萝月对松云。西池青鸟使，北塞黑鸦军。文武成康为一代，魏吴蜀汉定三分。桂苑秋宵，明月三杯邀曲客；松亭夏日，薰风一曲奏桐君。

十三元

卑对长，季对昆。永巷对长门。山亭对水阁，旅舍对军屯。扬子渡，谢公墩。德重对年尊。承乾对出震，叠坎对重坤。志士报君思犬马，仁王养老察鸡豚。远水平沙，有客泛舟桃叶渡；斜风细雨，何人携榼杏花村。

237

君对相，祖对孙。夕照对朝曛。兰台对桂殿，海岛对山村。碑堕泪，赋招魂。报怨对怀恩。陵埋金吐气，田种玉生根。相府珠帘垂白昼，边城画角对黄昏。枫叶半山，秋去烟霞堪倚杖；梨花满地，夜来风雨不开门。

十四寒

家对国，治对安。地主对天官。坎男对离女，周诰对殷盘。三三暖，九九寒。杜撰对包弹。古壁蛩声匝，闲亭鹤影单。燕出帘边春寂寂，莺闻枕上漏珊珊。池柳烟飘，日夕郎归青锁闼；砌花雨过，月明人倚玉栏干。

肥对瘦，窄对宽。黄犬对青鸾。指环对腰带，洗钵对投竿。诛佞剑，进贤冠。画栋对雕栏。双垂白玉箸，九转紫金丹。陕右棠高怀召伯，河南花满忆潘安。陌上芳春，弱柳当风披彩线；池中清晓，碧荷承露捧珠盘。

行对卧，听对看。鹿洞对鱼滩。蛟腾对豹变，虎踞对龙蟠。风凛凛，雪漫漫。手辣对心酸。莺莺对燕燕，小小对端端。蓝水远从千涧落，玉山高并两峰寒。至圣不凡，嬉戏六龄陈俎豆；老莱大孝，承欢七衮舞斑斓。

十五删

林对坞，岭对峦。昼永对春闲。谋深对望重，任大对投艰。裾袅袅，佩珊珊。守塞对当关。密云千里合，新月一钩弯。叔宝君臣皆纵逸，重华父母是嚚顽。名动帝畿，西蜀三苏来日下；壮游京洛，东吴二陆起云间。

临对仿，奢对悭。讨逆对平蛮。忠肝对义胆，雾鬓对云鬟。埋笔冢，烂柯山。月貌对天颜。龙潜终得跃，鸟倦亦知还。陇树飞来鹦鹉绿，池筼密处鹧鸪斑。秋露横江，苏子月明游赤壁；冻云迷岭，韩公雪拥过蓝关。

一先

寒对暑，日对年。蹴踘对秋迁。丹山对碧水，淡雨对罩烟。歌宛转，貌婵娟。雪鼓对云笺。荒芦栖南雁，疏柳噪秋蝉。洗耳尚逢高士笑，折腰肯受小儿怜。郭泰泛舟，折角半垂梅子雨；山涛骑马，接䍦倒看杏花天。

轻对重，肥对坚。碧玉对青钱。郊寒对岛瘦，酒圣对诗仙。依玉树，步金莲。凿井对耕田。杜甫清宵立，边韶白昼眠。豪饮客吞波底月，酣游人醉水中天。斗草青郊，几行宝马嘶金勒；看花紫陌，千里香车拥翠钿。

吟对咏，授对传。乐矣对凄然。风鹏对雪雁，董杏对周莲。春九十，岁三千。钟鼓对管弦。入山逢宰相，无事即神仙。霞映武陵桃淡淡，烟荒隋堤柳绵绵。七碗月团，啜罢清风生腋下；三杯云液，饮馀红雨晕腮边。

中对外，后对先。树下对花前。玉柱对金屋，叠嶂对平川。孙子策，祖生鞭。盛席对华筵。解醉知茶力，消愁识酒权。丝剪芰荷开东沼，锦妆凫雁泛温泉。帝女衔石，海中遗魄为精卫；蜀王叫月，枝上游魂化杜鹃。

二箫

琴对管，斧对瓢。水怪对花妖。秋声对春色，白缣对红绡。臣五代，事三朝。斗柄对弓腰。醉客歌金缕，佳人品玉箫。风定落花闲不扫，霜馀残叶湿难烧。千载兴周，尚父一竿投渭水；百年霸越，钱王万弩射江潮。

荣对悴，夕对朝。露地对云霄。商彝对周鼎，殷濩对虞韶。樊素口，小蛮腰。六诏对三苗。朝天车奕奕，出塞马萧萧。公子幽兰重泛舸，王孙芳草正联镳。潘岳高怀，曾向秋天吟蟋蟀；王维清兴，尝于雪夜画芭蕉。

耕对读，牧对樵。琥珀对琼瑶。兔毫对鸿爪，桂楫对兰桡。鱼潜藻，鹿藏蕉。水远对山遥。湘灵能鼓瑟，嬴女解吹箫。雪点寒梅横小院，风吹弱柳覆平桥。月牖通宵，绛蜡罢时光不减；风帘当昼，雕盘停后篆难消。

三肴

诗对礼，卦对爻。燕引对莺调。晨钟对暮鼓，野馔对山肴。雉方乳，鹊始巢。猛虎对神獒。疏星浮荇叶，皓月上松梢。为邦自古推瑚琏，从政于今愧斗筲。管鲍相知，能交忘形胶漆友；蔺廉有隙，终为刎颈死生交。

歌对舞，笑对嘲。耳语对神交。焉乌对亥豕，獭髓对鸾胶。宜久敬，莫轻抛。一气对同胞。祭遵甘布被，张禄念绨袍。花径风来逢客访，柴扉月到有僧敲。夜雨园中，一颗不雕王子柰；秋风江上，三重曾卷杜公茅。

衙对舍，廪对庖。玉磬对金铙。竹林对梅岭，起凤对腾蛟。鲛绡帐，兽锦袍。露果对风梢。扬州输橘柚，荆土贡菁茅。断蛇埋地称孙叔，渡蚁作桥识宋郊。好梦难成，蛩响阶前偏唧唧；良朋远到，鸡声窗外正嘐嘐。

四豪

茭对茨，荻对蒿。山麓对江皋。莺簧对蝶板，麦浪对桃涛。骐骥足，凤凰毛。美誉对嘉褒。文人窥蠹简，学士书兔

毫。马援南征载薏苡，张骞西使进葡萄。辩口悬河，万语千言
常亹亹；词源倒峡，连篇累牍自滔滔。

梅对杏，李对桃。械朴对旌旄。酒仙对诗史，德泽对恩
膏。悬一榻，梦三刀。拙逸对贵劳。玉堂花烛绕，金殿月轮
高。孤山看鹤盘云下，蜀道闻猿向月号。万事从人，有花有酒
应自乐；百年皆客，一丘一壑尽吾豪。

台对省，署对曹。分袂对同胞。鸣琴对击剑，返辙对回
艚。良借箸，操提刀。香茶对醇醪。滴泉归海大，篑土积山
高。石室客来煎雀舌，画堂宾至饮羊羔。被谪贾生，湘水凄凉
吟鵩鸟；遭谗屈子，江潭憔悴著离骚。

五歌

微对巨，少对多。直干对平柯。蜂媒对蝶使，雨笠对烟
蓑。眉淡扫，面微酡。妙舞对清歌。轻衫裁夏葛，薄袂剪春
罗。将相兼行唐李靖，霸王杂用汉萧何。月本阴精，岂有羿妻
曾窃药；星为夜宿，浪传织女漫投梭。

慈对善，虐对苛。缥缈对婆娑。长杨对细柳，嫩蕊对寒
莎。追风马，挽日戈。玉液对金波。紫诏衔丹凤，黄庭换白
鹅。画阁江城梅作调，兰舟野渡竹为歌。门外雪飞，错认空中
飘柳絮；岩边瀑响，误疑天半落银河。

松对竹，荇对荷。薜荔对藤萝。梯云对步月，樵唱对渔歌。升鼎雉，听经鹅。北海对东坡。吴郎哀废宅，邵子乐行窝。丽水良金皆待冶，昆山美玉总须磨。雨过皇州，琉璃色灿华清瓦；风来帝苑，荷芰香飘太液波。

笼对槛，巢对窝。及第对登科。冰清对玉润，地利对人和。韩擒虎，荣驾鹅。青女对素娥。破头朱泚笏，折齿谢鲲梭。留客酒杯应恨少，动人诗句不须多。绿野凝烟，但听村前双牧笛；沧江积雪，惟看滩上一渔蓑。

六麻

清对浊，美对嘉。鄙吝对矜夸。花须对柳眼，屋角对檐牙。志和宅，博望槎。秋实对春华。乾炉烹白雪，坤鼎炼丹砂。深宵望冷沙场月，边塞听残野戍笳。满院松风，钟声隐隐为僧舍；半窗花月，锡影依依是道家。

雷对电，雾对霞。蚁阵对蜂衙。寄梅对怀橘，酿酒对烹茶。宜男草，益母花。杨柳对蒹葭。班姬辞帝辇，蔡琰泣胡笳。舞榭歌楼千万尺，竹篱茅舍三两家。珊枕半床，月明时梦飞塞外；银筝一奏，花落处人在天涯。

圆对缺，正对斜。笑语对咨嗟。沈腰对潘鬓，孟笋对卢茶。百舌鸟，两头蛇。帝里对仙家。尧仁敷率土，舜德被流

沙。桥上授书曾纳履，壁间题句已笼纱。远塞迢迢，露碛风沙
何可极；长沙渺渺，雪涛烟浪信无涯。

疏对密，朴对华。义鹊对慈鸦。鹤群对雁阵，白苎对黄
麻。读三到，吟八叉。肃静对喧哗。围棋兼把钓，沉李并浮
瓜。羽客片时能煮石，狐禅千劫似蒸沙。党尉粗豪，金帐笼香
斟美酒；陶生清逸，银铛融雪啜团茶。

七阳

台对阁，沼对塘。朝雨对夕阳。游人对隐士，谢女对秋
娘。三寸舌，九回肠。玉液对琼浆。秦皇照胆镜，徐肇返魂
香。青萍夜啸芙蓉匣，黄卷时摊薜荔床。元亨利贞，天地一机
成化育；仁义礼智，圣贤千古立纲常。

红对白，绿对黄。昼永对更长。龙飞对凤舞，锦缆对牙
樯。云弁使，雪衣娘。故国对他乡。雄文能徙鳄，艳曲为求
凰。九日高峰惊落帽，暮春曲水喜流觞。僧占名山，云绕茂林
藏古殿；客栖胜地，风飘落叶响空廊。

衰对壮，弱对强。艳饰对新妆。御龙对司马，破竹对穿
杨。读班马，识求羊。水色对山光。仙棋藏绿橘，客枕梦黄
粱。池草入诗因有梦，海棠带恨为无香。风起画堂，帘箔影翻
青荇沼；月斜金井，辘轳声度碧梧墙。

244

臣对子，帝对王。日月对风霜。乌台对紫府，雪牖对云房。香山社，昼锦堂。蔀屋对岩廊。芬椒涂内壁，文杏饰高梁。贫女幸分东壁影，幽人高卧北窗凉。绣阁探春，丽日半笼青镜色；水亭醉夏，薰风常透碧筒香。

八庚

形对貌，色对声。夏邑对周京。江云对涧树，玉磬对银筝。人老老，我卿卿。晓燕对春莺。玄霜春玉杵，白露贮金茎。贾客君山秋弄笛，仙人缑岭夜吹笙。帝业独兴，尽道汉高能用将；父书空读，谁言赵括善知兵。

功对业，性对情。月上对云行。乘龙对附骥，阆苑对蓬瀛。春秋笔，月旦评。东作对西成。隋珠光照乘，和璧价连城。三箭三人唐将勇，一琴一鹤赵公清。汉帝求贤，诏访严滩逢故旧；宋廷优老，年尊洛社重耆英。

昏对旦，晦对明。久雨对新晴。蓼湾对花港，竹友对梅兄。黄石叟，丹丘生。犬吠对鸡鸣。暮山云外断，新水月中平。半榻清风宜午梦，一犁好雨趁春耕。王旦登庸，误我十年迟作相；刘蕡不第，愧他多士早成名。

九青

庚对甲，巳对丁。魏阙对彤庭。梅妻对鹤子，珠箔对银屏。鸳浴沼，鹭飞汀。鸿雁对鹡鸰。人间寿者相，天上老人星。八月好修攀桂斧，三春须系护花铃。江阁凭临，一水净连天际碧；石栏闲倚，群山秀向雨馀青。

危对乱，泰对宁。纳陛对趋庭。金盘对玉箸，泛梗对浮萍。群玉圃，众芳亭。旧典对新型。骑牛闲读史，牧豕自横经。秋首田中禾颖重，春馀园内菜花馨。旅次凄凉，塞月江风皆惨淡；筵前欢笑，燕歌赵舞独娉婷。

十蒸

萍对蓼，莆对菱。雁弋对鱼罾。齐纨对鲁绮，蜀绵对吴绫。星渐没，日初升。九聘对三征。萧何曾作吏，贾岛昔为僧。贤人视履循规矩，大匠挥斤校准绳。野渡春风，人喜乘潮移酒舫；江天暮雨，客愁隔岸对渔灯。

谈对吐，谓对称。冉闵对颜曾。侯嬴对伯嚭，祖逖对孙登。抛白纻，宴红绫。胜友对良朋。争名如逐鹿，谋利似趋蝇。仁杰姨惭周不仕，王陵母识汉方兴。句写穷愁，浣花寄迹传工部；诗吟变乱，凝碧伤心叹右丞。

十一尤

荣对辱，喜对忧。缱绻对绸缪。吴娃对越女，野马对沙鸥。茶解渴，酒消愁。白眼对苍头。马迁修史记，孔子作春秋。莘野耕夫闲举耜，渭滨渔父晚垂钩。龙马游河，羲帝因图而画卦；神龟出洛，禹王取法以明畴。

冠对履，舄对裘。院小对庭幽。面墙对膝地，错智对良筹。孤嶂耸，大江流。芳泽对园丘。花潭来越唱，柳屿起吴讴。莺懒燕忙三月雨，蛮摧蝉退一天秋。钟子听琴，荒径入林山寂寂；谪仙捉月，洪涛接岸水悠悠。

鱼对鸟，鹊对鸠。翠馆对红楼。七贤对三友，爱月对悲秋。虎类狗，蚁如牛。列辟对诸侯。陈唱临春乐，隋歌清夜游。空中事业麒麟阁，地下文章鹦鹉洲。旷野平原，猎士马蹄轻似箭；斜风细雨，牧童牛背稳如舟。

十二侵

歌对曲，啸对吟。往古对来今。山头对水面，远浦对遥岑。勤三上，惜寸阴。茂树对平林。卞和三献玉，杨震四知金。青皇风暖催芳草，白帝城高急暮砧。绣虎雕龙，才子窗前挥彩笔；描鸾刺凤，佳人帘下度金针。

登对眺，涉对临。瑞雪对甘霖。主欢对民乐，交浅对言深。耻三战，乐七擒。顾曲对知音。大车行槛槛，驷马聚骎骎。紫电青虹腾剑气，高山流水识琴心。屈子怀君，极浦吟风悲泽畔；王郎忆友，扁舟卧雪访山阴。

十三覃

宫对阙，座对龛。水北对天南。蜃楼对蚁郡，伟论对高谈。遴杞梓，树楩楠。得一对函三。八宝珊瑚枕，双珠玳瑁簪。萧王待士心惟赤，卢相欺君面独蓝。贾岛诗狂，手拟敲门行处想；张颠草圣，头能濡墨写时酣。

闻对见，解对谙。三橘对双柑。黄童对白叟，静女对奇男。秋七七，径三三。海色对山岚。莺声何哕哕，虎视正眈眈。仪封疆吏知尼父，函谷关人识老聃。江相归池，止水自盟真是止；吴公作宰，贪泉虽饮亦何贪。

十四盐

宽对猛，冷对炎。清直对尊严。云头对雨脚，鹤发对龙髯。风台谏，肃堂廉。保泰对鸣谦。五湖归范蠡，三径隐陶潜。一剑成功堪佩印，百钱满卦便垂帘。浊酒停杯，容我半酣愁际饮；好花傍座，看他微笑悟时拈。

连对断，减对添。淡泊对安恬。回头对极目，水底对山尖。腰袅袅，手纤纤。凤卜对鸾占。开田多种粟，煮海尽成盐。居同九世张公艺，恩给千人范仲淹。箫弄凤来，秦女有缘能跨羽；鼎成龙去，轩臣无计得攀髯。

人对己，爱对嫌。举止对观瞻。四知对三语，义正对辞严。勤雪案，课风檐。漏箭对书签。文繁归獭祭，体艳别香奁。昨夜题诗更一字，早春来燕卷重帘。诗以史名，愁里悲歌怀杜甫；笔经人索，梦中显晦老江淹。

十五咸

栽对植，薙对芟。二伯对三监。朝臣对国老，职事对官衔。鹿麌麌，兔毚毚。启牍对开缄。绿杨莺睍睆，红杏燕呢喃。半篱白酒娱陶令，一枕黄粱度吕岩。九夏炎飙，长日风亭留客骑；三冬寒冽，漫天雪浪驻征帆。

梧对杞，柏对杉。夏瀽对韶咸。涧瀍对溱洧，巩洛对崤函。藏书洞，避诏岩。脱俗对超凡。贤人羞献媚，正士嫉工谗。霸越谋臣推少伯，佐唐藩将重浑瑊。邺下狂生，羯鼓三挝羞锦袄；江州司马，琵琶一曲湿青衫。

袍对笏，履对衫。匹马对孤帆。琢磨对雕镂，刻划对镌镵。星北拱，日西衔。厄漏对鼎馋。江边生桂若，海外树都咸。但得恢恢存利刃，何须咄咄达空函。彩凤知音，乐典后夔须九奏；金人守口，圣如尼父亦三缄。